À Henriette et Madeleine,
À Élisabeth,
À Anna.

Lise Marzouk

La Dernière Porte

Roman

Éditions Héloïse d'Ormesson

ISBN 978-2-35087-974-1

Éditions Héloïse d'Ormesson
92 avenue de France, 75013 Paris
www.editions-heloisedormesson.com

La Dernière Porte

DE LA MÊME AUTRICE

AUX ÉDITIONS GALLIMARD

Si, 2018.

« Là était la certitude, dans le travail
de tous les jours. Le reste tenait à des fils
et à des mouvements insignifiants,
on ne pouvait s'y arrêter. L'essentiel était
de bien faire son métier. »

Albert Camus, *La Peste*

« Je demande le silence
Qu'on me laisse tranquille à présent
Qu'on s'habitue sans moi à présent
Je vais fermer les yeux.

[...]
Laissez-moi seul avec le jour.
Je demande la permission de naître. »

Pablo Neruda, *Vaguedivague*,
Estravagario (traduction de Guy Suarès)

Elle n'est pas grande Clémence, un mètre cinquante, un mètre cinquante-cinq tout au plus. C'est, comme on dit, un petit bout de femme. D'elle, on ne retient souvent qu'une silhouette bleue en tenue médicale. Un être de coton et d'intissé. Rien de ses rousseurs, de ses cheveux bouclés, de la pince qui ramène ceux-ci au-dessus de sa nuque. Rien non plus de son corps si singulier, avec ses épaules de fillette, sa poitrine gracile et ses hanches généreuses. De chambre en chambre, de porte en porte, tout s'efface et se confond sous le costume. Son prénom même échappe à la plupart.

Elle est bien là, pourtant.

Il suffit de savoir la regarder.

PORTE 1

—

Khadija

Il a posé sa main sur sa bouche. Elle l'a laissé faire. Une main large, calleuse et un peu moite. Elle avait du mal à respirer. La paume lui comprimait les lèvres et l'auriculaire lui obstruait les narines. Elle a senti qu'il remontait son genou le long de sa cuisse. Il lui écrasait l'aine à présent, tandis que, de sa main libre, il dégrafait sa ceinture. Elle n'a pas fait un geste. Elle n'a rien dit, rien pensé. Elle s'est juste efforcée de continuer à chercher de l'air, entre les phalanges. Puis elle a fermé les yeux, pour ne pas voir ce qu'il faisait à son corps. Elle l'a abandonné, là, son corps, allongé sur le dos, à moitié nu, impuissant, inerte. Dans sa tête, alors, quelque chose s'est remis en marche. Elle pensait à nouveau. Elle pensait au départ. Dans une semaine, deux tout au plus, elle serait en France. Le voyage aurait lieu, malgré tout, malgré cela. Peut-être même était-ce le vrai prix à payer. Peut-être que cela ne suffisait pas d'avoir travaillé si dur, d'avoir vendu un bout du terrain de son père et la moitié du troupeau. D'avoir laissé quatre enfants au pays. On ne choisissait pas toujours, après tout. Alors maintenant, il pouvait bien se passer n'importe quoi, elle y arriverait. Dans une semaine, elle serait en France. Là-bas, Aïssatou lui avait raconté, elle aurait un travail et une maison, rien qu'à elle, avec de l'électricité, un sol en carrelage et de l'eau au robinet. Là-bas, elle pourrait acheter du pain, des légumes tous les jours et même, parfois, de la viande. Et puis elle pourrait faire venir ses enfants, et les envoyer à l'école, tous, les filles aussi. Là-bas, surtout, il n'y aurait pas la guerre.

C'est qu'elle en avait croisé depuis vingt ans, des soldats. Des soldats et des morts. Un soir, ils étaient venus à cinq dans le village. Ils avançaient d'un bloc, fusils à la main, en gueulant des injures incompréhensibles. Avec leurs tenues tachetées, on aurait dit une meute de chiens sauvages. Ils étaient entrés dans la maison de sa voisine. Ils y étaient restés toute la nuit. On avait entendu d'abord les cris des soldats, puis des hurlements de femme et des gémissements d'enfants. Et ensuite, d'un coup, plus rien. Personne n'avait osé y aller. Pas même Mahdi, le plus courageux des hommes du village. Au petit matin, juste avant le lever du soleil, les soldats étaient repartis. Alors Mahdi y était allé et il avait vu, et il avait raconté ce qu'il avait vu. À cela, il valait mieux ne pas penser. On avait enterré les cadavres et nettoyé la maison. Les mots de Mahdi, on s'était efforcé de les oublier. Pour ne pas avoir à les répéter, on avait donné un nom à cette histoire, un nom qui à lui seul la portait tout entière : la nuit des Lycaons. Et chacun au village savait que tout avait changé depuis. C'était à cause de cela, finalement, qu'elle avait décidé de partir. À cause de cela qu'elle était là, à présent, dans cette chambre sombre. Qu'importait donc ce que lui faisait cet homme. Lui, ou un autre, elle survivrait. Il avait pris son argent et la chose accomplie, elle en était sûre, il la conduirait, comme promis, en France. Elle n'avait qu'à fermer les yeux et attendre.

« Laissez-vous faire, madame Diaoure. On ne vous veut pas de mal, vous savez. » La sage-femme se tourne vers Clémence. « Je n'arrive pas à lui faire relâcher les genoux. Impossible. Elle résiste. Essaie de la détendre, toi. » Puis elle s'adresse de nouveau à sa patiente, d'une voix forte, en articulant chaque mot et en détachant les syllabes, comme si elle parlait à une sourde : « Madame Diaoure, il va bien falloir que je puisse vous examiner. Il faut tout de même qu'on sache où il en est, ce bébé. » Khadija est allongée sur le dos, le boubou relevé et ramassé entre le ventre et la poitrine, les jambes repliées. Elle tressaille quand la sage-femme saisit, du pouce et de l'index gauches, ses petites lèvres pour les écarter et y glisser les doigts de sa main droite. Elle ne dit rien cependant. Pas un mot. Elle a posé sa main sur sa bouche, comme pour s'empêcher de crier. Elle garde les yeux ouverts, mais son regard est ailleurs. Clémence se place à la tête du lit, près du visage de Khadija et se penche en douceur vers sa patiente. Le matelas est haut et Clémence est petite : il lui faut à peine incliner le buste pour murmurer à l'oreille de la jeune femme : « Madame Diaoure, je m'appelle Clémence, je suis infirmière. On essaie de voir si votre col est ouvert, si le bébé est prêt à sortir. J'ai l'impression que c'est très douloureux. Vous avez mal ? » Khadija fait non de la tête. « Prenez ma main. Vous pouvez la serrer tant que vous voulez. » En fait, c'est Clémence qui prend la main de Khadija, l'éloigne de sa bouche et la repose délicatement, recroquevillée au creux de sa propre main, sur le côté du lit. On dirait qu'elle a ramassé un oiseau blessé.

« Dilatation complète. Le bébé n'est pas engagé, on a encore un petit peu de temps. Par contre, pour la péridurale, madame, je suis désolée, c'est trop tard. » La sage-femme retire ses gants, elle n'a plus rien à faire là pour l'instant, elle reviendra dans un moment pour voir où l'on en est.

Clémence reste. Le corps tendu de Khadija manifeste un refus si soudain et si ferme qu'il lui semble suspect. Quelque chose n'a pas été dit, Clémence en est certaine, et cette chose tue envahit l'espace, le sature presque. Le silence même semble s'en plaindre. Il faut parler. « Combien d'enfants avez-vous, madame Diaoure? » « Deux. » « Ah, c'est bien. Mais, au pays, madame Diaoure, au pays? » Elle sait, Clémence, que ces enfants-là, ceux qui sont restés comme on dit, ceux qu'on a laissés en fait, on ne les compte pas. On leurre ainsi son malheur, par les mots, par les chiffres. C'est ainsi. Personne n'est dupe, à l'arrivée. Le malheur pas plus qu'un autre. « Au pays? Quatre. » Pas un cillement, pas un soupir. Seul un « r », roulé peut-être un peu plus lentement que de coutume. Et puis ce « e » final, ce « e » muet devenu étrangement sonore, qui s'attarde et étire son écho. Il ne s'agit pas de cela pourtant, pas de ces quatre-là. Ni des deux autres qu'elle a amenés avec elle en France. Il s'agit de l'enfant qui va naître. Clémence sait à présent qu'il est le septième de sa fratrie. L'accouchement promet donc d'être rapide. Tout peut se précipiter dès maintenant, cela laisse peu de temps pour comprendre. « Et votre bébé, madame Diaoure, ce bébé dans votre ventre, il a un père? » Khadija a redressé la tête d'un coup et l'a tournée sur le côté, les yeux mi-clos. Elle n'a pas répondu. Clémence a pourtant entendu quelque chose. Pas un mot, mais plutôt un son, inarticulé, une sorte de bruit de langue et de lèvres entre le claquement et la succion. Elle sait bien de quoi il s'agit. Ce n'est pas la première fois qu'elle y est confrontée. Par défiance, par désapprobation, par dédain, par désespoir, Khadija vient de la « tchiper ». C'est mauvais signe. Il va falloir se battre pour continuer la conversation.

Clémence reste d'abord silencieuse. Elle garde simplement la main de Khadija dans la sienne et ne la lâche pas. Elle réfléchit. Elle pense à toutes les fois où d'autres femmes ont opposé ce bruit de bouche à ses questions. « C'est drôle, se dit-elle, ce n'est jamais exactement le même. » Comme si chacune lui donnait non seulement un sens personnel, mais aussi une forme bien particulière. Elle pense à ce que certaines ont bien voulu lui en dire. Ce qui lui plaît par-dessus tout, c'est que ce mot, qui n'en est pas vraiment un, a plusieurs noms selon les pays ou les régions : *tchip, tchipatou, tchourou, tjuu, tjuri, tjoerie, tsiona, chupa, ntiâ, muxoxu, muxoxo, ima osu*. Quand on se les répète, on dirait un chant. Une fille des Bahamas lui a expliqué un jour que chez elle on dit *kiss teeth*, « embrasser ses dents ». Il y a de la superbe et de la poésie dans ce geste sonore. Une culture. Et dans celui de Khadija, il y a toute une histoire. Pour Clémence, il s'agit principalement que celle-ci soit racontée, vite, avant que l'enfant n'arrive. En dehors de tout problème médical, une autre forme d'urgence s'impose parfois à l'infirmière.

« Relâchez vos épaules, madame Diaoure. Essayez de détendre votre nuque. Je vais vous remettre l'oreiller en place. Là, doucement, voilà. C'est mieux ? » Paradoxe de l'urgence : c'est dans ces moments-là qu'il faut savoir ralentir. Apaiser ses mouvements, assourdir ses paroles, ouater l'atmosphère. Et ce faisant, ramener graduellement l'attention de la patiente vers le haut de son corps, pour atténuer ce qui, plus bas, dans son intimité, semble tant souffrir. Car de toute évidence pour Khadija, la douleur de l'accouchement en recèle une autre, pareillement logée dans ses entrailles, enfouie au fond d'elle-même, mais plus violente encore de se trouver ainsi inexprimable. Alors, délicatement, comme on approche un animal effrayé, Clémence place sa main au-dessus de la tête de Khadija, sans la toucher d'abord, épousant juste sa forme dans l'air. Puis elle effleure de la paume le haut du visage, à la naissance des cheveux, avançant quasi imperceptiblement à chaque nouveau passage, jusqu'à oser caresser enfin tout le crâne, du front à la nuque. Elle sent sur son avant-bras le souffle de Khadija qui se cale au rythme des caresses. Et de sentir cet apaisement l'apaise à son tour. Il lui semble soudain voir, entendre, éprouver tant de choses de cette femme qu'elle avait ignorées jusqu'à présent. D'une certaine manière, elle sait, déjà.

Combien de temps s'est-il écoulé ainsi ? Cinq, dix minutes ? Un peu plus peut-être. Clémence n'a pas compté et Khadija a parlé. Sans larmes, sans sanglots, sans même un tressaillement dans la voix. Elle a tout dit. Le départ obligé, la longue marche, le bateau. Elle a dit la chambre sombre, l'enveloppe échangée, le prix à payer. La peur et la douleur. Elle a même dit pourquoi elle n'avait rien dit jusqu'à présent. Parce qu'il y en aurait toujours un, ou une, un jour, plus tard, pour lui reprocher de s'être tue, pour y voir une preuve que ce n'était pas si terrible, pas si grave, ou pire, pour suggérer qu'elle avait aimé cela, qu'elle l'avait voulu, provoqué. Alors elle avait enfoui sa honte et la portait, comme cet enfant, au plus secret d'elle-même.

Clémence a compris. Un accouchement par voie basse est impossible. Le traumatisme serait trop grand. « Madame Diaoure, on va vous aider à mettre ce bébé au monde, ne vous inquiétez pas. » Il faut vite prévenir l'équipe de la nécessité d'une césarienne. Clémence est le premier maillon de la chaîne. Elle le dit à la sage-femme qui en informe le médecin qui prend la décision et convoque l'anesthésiste. En attendant, elle prépare Khadija pour l'intervention. D'abord lui faire revêtir la casaque, une chemise jetable, en intissé bleu pâle, informe, de celles qui, lacées dans le dos, laissent entrevoir le bas de vos reins à chaque pas. Mais Khadija n'a que faire des questions de pudeur. Elle s'est abandonnée aux gestes de Clémence qui la déshabille et l'habille comme on le ferait d'un enfant, ou d'une poupée. Mécaniquement, elle se redresse sur le lit et lève les bras quand l'infirmière lui fait glisser son boubou au-dessus de la tête ; mécaniquement, elle resserre les jambes quand elle lui retire sa culotte. Mécaniquement, elle tend les mains, l'une après l'autre, pour enfiler la chemise, avant de retomber sur le lit. Là, elle ne bouge plus. Elle reste étendue sur le dos, les yeux mi-clos, les bras ballants. Clémence doit lui tenir le poignet pour pouvoir poser la perfusion. Khadija ne réagit pas. Elle ne ferme pas le poing, ne fronce pas même les sourcils quand l'aiguille pénètre la veine. Elle ne sent plus rien. Elle est partie.

Clémence n'assistera pas à la césarienne de Khadija. Elle ne verra pas l'arrivée du bébé, n'entendra pas ses premiers cris. Elle a été appelée pour une autre naissance. Mais le soir venu, avant de quitter son service, elle vient frapper à la porte de la chambre où Khadija est installée en suites de couches. La mère repose dans son lit sur deux coussins, le bébé sur son avant-bras gauche, la tête dans le creux du coude que soutient sa main droite. Elle porte toujours la chemise bleu pâle. À côté de son lit, tout près, un petit berceau, le même que dans les autres chambres de la maternité Marthe Condat, avec sa structure de métal, ses pieds à roulettes, son matelas de plastique et sa nacelle transparente. Clémence contemple l'enfant qui vient de voir le jour, nouveau-né apparu comme tous les autres, nu, démuni et splendide. Clandestin parmi les clandestins, superbement – quoique provisoirement – soustrait au secret et à l'interdit, il dort d'un sommeil confiant. Ici, pour quelques jours, Khadija n'est plus une sans-papier, et son fils, pas encore un exclu. Il y a de l'illusion dans cette quiétude, nul ne l'ignore. L'asile n'est que temporaire et l'égalité, chimérique. En raison de sa césarienne, Khadija aura le droit de rester deux jours supplémentaires en suites de couches. Peut-être même l'équipe médicale parviendra-t-elle à prolonger de quarante-huit ou soixante-douze heures son séjour au prix de quelque mensonge – une mauvaise cicatrisation, un examen complémentaire, une fièvre fictive. Ils l'ont déjà fait, ils le referont. Mais quoi qu'il arrive, dans six jours, une semaine tout au plus, la mère et son fils seront rendus aux rudesses de leur vie clandestine. Tout un passé pèse déjà sur l'avenir de cet enfant. Au moins, se dit Clémence, on lui aura permis de bien naître. Il faut apprendre à s'en contenter.

Clémence observe le visage de Khadija. Il lui paraît changé. Malgré la fatigue, il est plus ouvert, presque lumineux. Sur la table d'opération, cette femme vient de connaître les craintes, les attentes, le vertige de sensations et sentiments mêlés qu'ont éprouvés dans les salles adjacentes, comme à travers le monde depuis l'aube des temps, des milliards de parturientes. Elle a dû verser les mêmes larmes en serrant pour la première fois contre sa poitrine ce bébé couvert de sang et de vernix, humer avec le même plaisir l'odeur singulière de sa peau, caresser du même geste le duvet de son épaule. Que dire alors, sinon la vérité de l'instant ? « Il est magnifique ton petit, Khadija. » « Tu sais, Clémence » – elles se tutoient à présent sans même y avoir pris garde, comme si le temps passé ensemble avait compté dix fois plus, établissant entre elles une forme de familiarité – « quand il sera grand, mon fils, quand il sera un homme, il aura des papiers de ce pays. Un jour, il sera français. Alors, moi, je lui ai donné un prénom bien français. » Le regard de Clémence se porte à la tête du berceau, sur un petit carton blanc en forme de nuage. Au feutre noir, d'une fine écriture légèrement inclinée, on a écrit : « *Amour Diaoure* ».

PORTE 2

—

Juliette

Il n'en reste qu'une vidéo. Un petit bout de film d'une minute trente conservé dans un téléphone. Clémence ne l'a montré qu'à de rares amies. Trop personnel, trop intime. Elle le regarde seule en revanche, de temps en temps, quand elle est épuisée par le travail, quand elle n'en peut plus. Et de le voir suffit à lui donner envie d'y retourner.

Sur l'image figée, avant d'enclencher la lecture, on remarque d'abord un homme de trois quarts assis, les jambes croisées, guitare sur les cuisses, un accord tenu de la main gauche, un médiator dans la droite, prêt à gratter les cordes. On le sent d'emblée solide. Quelque chose de rassurant émane de ses épaules larges, de son crâne lisse, de sa barbe rousse bien fournie, de la manière même dont il empoigne l'instrument. On l'imaginerait volontiers en pleine improvisation sous la voûte en pierre d'un club de jazz, s'il n'était revêtu d'une casaque verte et de surchaussures bleu indigo. L'œil, attisé par ces incongruités, distingue alors, au second plan, une jambe de femme écartée en l'air, nue depuis la cuisse, le pied dans le vide, le genou replié et le mollet en appui sur un coussinet rembourré fixé par une barre de fer verticale au cadre d'un lit. Le reste de la femme, son buste, ses bras, son visage disparaissent derrière le musicien. Invisibles. On devine à peine, en arrière-fond, son autre jambe, tenue pareillement écartée sur un second repose-mollets, tandis qu'un intissé vert, de même facture que la casaque du guitariste, recouvre son intimité. Au bout du lit, de chaque côté, deux étriers dressés. Debout, accoudée sur l'un d'entre eux comme au comptoir d'un bar, gentiment déhanchée, la jambe gauche croisée sur la droite et la main à la taille, Clémence fait face à la caméra. Son visage, tacheté de rousseurs, rayonne. Elle porte une tunique médicale et un pantalon bleu ciel en coton. Elle a accroché un stylo jaune sur le V de son col et relevé ses boucles claires en chignon. Elle est baignée d'une étrange lumière vive. C'est que l'on a orienté sur elle le scialytique, avec ses dizaines de lampes et de miroirs qui d'en haut l'éclairent tout entière, projetant un halo uniforme à ses pieds. On dirait une artiste en scène.

Il suffit de presser le triangle sur l'écran tactile pour que l'image s'anime. La guitare retentit. La tête et les hanches de Clémence ondulent en cadence, au rythme chaloupé du guitariste qui marque, du gras de la paume et du bout du pied, les contretemps. Puis Clémence chante. Bob Marley, *No woman, no cry*. Le refrain passé, elle est à court de mots. Elle a oublié les paroles. Qu'importe. Elle forge un anglais fictif, fait de sons, de syllabes, d'onomatopées, mêlant scat, *back voicing* et simple yaourt. C'est musical et drôle à la fois. Sa voix, comme son corps, épouse le balancement nonchalant du reggae. On entend quelques rires, des essais maladroits de reprise chorale. Soudain, le pied gauche de la femme allongée se met à battre la mesure.

Il oscille dans l'air, seul, nu, timidement dans un premier temps, puis franchement. On ne voit plus que lui. La jambe droite lui emboîte bientôt le pas, quittant le repose-mollets et se repliant sur le lit, pour pouvoir venir, du pied, frapper le matelas. Au même moment, Clémence se redresse, se met à danser plus librement, tape dans ses mains, invitant le public à partager son chant. D'une ondulation, elle se tourne vers la femme et, index relevés, lui adresse directement les paroles du refrain, comme une consolation joyeuse : *No woman, no cry*. Enfin, après avoir fait résonner quelques vocalises improvisées sur la syllabe « *no* », elle conclut, mains jointes, paumes grandes ouvertes sur ses genoux fléchis, d'un immense sourire. Les applaudissements retentissent en même temps que l'accord final. La vidéo se fige.

Quand Juliette était arrivée à la maternité Marthe Condat pour donner naissance à son premier enfant, elle ne se doutait pas qu'elle y passerait des heures, souffrant de violentes contractions inefficaces à faire céder son col. Elle ne se doutait pas non plus, à dire vrai, combien cela l'affecterait, au point de lui faire perdre son courage et sa persévérance naturels, pour la laisser, là, désemparée, en larmes, pleurant autant de douleur que de la conscience de son incapacité. Avec Charlie à ses côtés, elle était pourtant accoutumée à ne rien craindre. Ensemble, ils en avaient vu d'autres, et de bien pires, qui leur avaient forgé l'âme et le caractère. Mais d'y penser ne lui servait à rien, sinon à accentuer le sentiment de son insupportable faiblesse. Comment pouvait-elle enchaîner, depuis des années, des soirées de maraudes après de longues journées de bureau, se confronter, nuit après nuit, à tout ce que Paris comptait de détresse – des hommes, des femmes, des enfants à la rue, sans toit, sans papiers, sans nourriture –, tenter incessamment de maintenir le lien, en perdre des dizaines pour en sauver un seul et repartir chaque fois avec la même humilité et le même espoir, comment pouvait-elle avoir accompagné des mères enceintes dormant, avec leur progéniture, sur des matelas de fortune dans des logis de carton où elles accueilleraient bientôt un autre enfant sans avenir, comment pouvait-elle, donc, avoir vécu tout cela et s'effondrer ainsi pour un bébé qui tardait simplement à naître ? Son abattement même lui semblait indécent. Dans quelques heures, quoi qu'il advînt, ce serait fini, et dans deux jours, trois tout au plus, ils rentreraient chez eux, confiants et fiers, l'enfant dans son couffin et le futur radieux. À quoi bon alors cette angoisse immense qui lui nouait le ventre et empêchait précisément ce qui l'en aurait libérée ? Rien n'y faisait pourtant. Pas même les morceaux de guitare que Charlie lui jouait pour la détendre, évoquant les souvenirs heureux associés à chaque chanson, les petits concerts de quartier, les jams entre copains, les soirées au coin du feu sur la plage, l'été. Pas même *We are young*, l'hymne de leur grand voyage, trois ans plus tôt, douze mois autour du monde, un sac sur le dos et la guitare en bandoulière. Quand Stéphanie, la sage-femme, l'avait réexaminée, constatant que le col après dix heures de travail n'avait gagné qu'un petit centimètre, Juliette s'était effondrée. Ce n'étaient plus de simples larmes. C'étaient des sanglots qui semblaient s'être emparés de son corps entier, l'animant de hoquets et de spasmes sans qu'elle pût les contrôler, comme si elle portait tout le chagrin du monde. L'épuisement s'était mué en désespoir, et le désespoir, en déréliction. Elle était seule, absolument seule. Abandonnée d'elle-même.

C'est alors que Clémence s'était approchée de Charlie. Elle lui avait murmuré quelques mots à l'oreille, puis était allée se placer au pied du lit tandis qu'il répétait les premiers accords du prochain morceau. Stéphanie avait immédiatement compris. Non seulement parce qu'elle avait reconnu l'air, une consolation pleine de nostalgie et d'espoir par-delà la misère – « Femme, ne pleure pas », en créole jamaïcain *no woman, nuh cry* –, mais aussi parce que, accoutumée à travailler avec Clémence, elle avait deviné ce qui allait se passer. Après avoir déplacé le scialytique au-dessus de sa collègue, elle avait saisi son téléphone portable en mode vidéo et, à travers l'écran, avait tout vu et tout entendu. Les mouvements, les gestes, les regards, les intonations si justes de Clémence. Les pulsations parfaites de la main de Charlie qui semblaient nouer des fils invisibles à chacun de vos membres pour les animer en cadence. Et le pied de Juliette. Ce pied qui s'affranchissait peu à peu de son inertie pour entrer dans la danse. Ce pied discret qui signifiait, à lui seul, la délivrance de tout un corps. Juliette rirait. Juliette applaudirait. Juliette respirerait enfin. Avant même de réexaminer la jeune femme, Stéphanie savait que son col se dilaterait désormais aisément. Juliette était prête à accueillir un enfant dans ce monde.

PORTE 3

—

Yasmine

« JE PARS AU LYCÉE, TATA. *Ad d-uɣaleɣ s axxam ɣer yimensi. Ar tameddit-a.* » Yasmine a attrapé d'une main son sac à dos, l'a chargé à la hâte sur son épaule droite et a claqué la porte sans attendre la réponse de sa tante. Ce n'est pas qu'elle en redoute les critiques. Cela fait des mois que Naïma s'efforce de lui apprendre le kabyle. Une remarque de plus sur une erreur de conjugaison ou sur la résistance de son accent français ne saurait inquiéter Yasmine. Cela aurait plutôt tendance à l'amuser. Elles en ont souvent ri ensemble, d'ailleurs. Non, assurément, ce matin-là, la peur de Yasmine tient à autre chose. Il ne faudrait pas que Naïma l'empêche de sortir à la dernière minute, la rappelant, pour une raison ou une autre, dans le salon. Yasmine n'aurait pas la force de soutenir son regard, de lui mentir droit dans les yeux, et encore moins celle de repartir ensuite. Elle risquerait de rester plantée là, paralysée, puis, au moindre mot gentil, au moindre geste d'affection, de craquer. Elle se jetterait dans les bras de sa tante, elle s'effondrerait à ses pieds et elle lui dirait tout. Qui sait, alors, ce qu'il pourrait se passer.

En chemin, Yasmine pense à Naïma. Elle aime tant vivre chez elle. Naïma est plus jeune que sa mère, plus moderne aussi. C'est une femme de son temps. Avec elle, on peut faire du shopping, s'échanger des vêtements, écouter de la pop et du rap, aller au cinéma, faire la fête même. Et puis elle lui est reconnaissante de les avoir recueillies, elle et sa sœur, l'année précédente quand leur mère a dû rentrer au bled. Veiller, quand on a à peine trente-cinq ans, sur deux adolescentes de quinze et douze ans, ce n'est pas rien, Yasmine en est consciente. Sans leur tante, les filles auraient dû quitter le collège et le lycée, les copines, les copains, le quartier, pour se retrouver, de l'autre côté de la Méditerranée, dans ce pays où elles se sentent toujours à moitié étrangères. Elles n'auraient pas eu le choix. Depuis que leur grand-père était malade, il était hors de question de le laisser seul là-bas. Leur mère savait pertinemment que, pour rien au monde, il n'accepterait de venir finir ses jours loin de la *wilaya* de Tizi Ouzou, de sa mer et de ses montagnes. Elle avait bien sur place trois autres frères, plus jeunes que Naïma, mais, très pris par leur travail, ils ne s'occupaient guère de leur père et n'avaient pas encore d'épouses pour tenir un foyer. Alors, en aînée responsable, la mère de Yasmine avait tout laissé, ses enfants, son emploi, ses amis, pour accompagner son père jusqu'à la fin. Si Yasmine et sa sœur, elles, en avaient eu un de père, c'eût été plus simple. Mais celui-là, on n'avait jamais su où il avait disparu. Il était parti un jour, après la naissance de sa deuxième fille, sans laisser d'adresse. Décidément, ce matin-là, Yasmine n'aurait pas eu le cœur de mentir à Naïma. Elle l'aime trop.

Mentir. C'est pourtant ce qu'elle fait, jour après jour, depuis des mois. Et pas seulement à Naïma. À tout le monde. Au début, cela ne paraissait pas si difficile. Il n'y avait que l'angoisse à dissimuler, et celle-ci avait le mérite d'être invisible, naturellement enfouie au-dedans. Elle l'a portée néanmoins cette angoisse, dès les premiers jours, comme une chose vivante, palpable et indomptée, qui ne cessait de s'amplifier, se nourrissant du moindre doute, s'engraissant de la honte, prospérant sur la culpabilité. Elle peut en identifier chaque étape de la croissance, des premières crispations de l'inquiétude aux spasmes de l'obsession. La suspicion d'abord, après quinze semaines sans règles, quinze semaines de déni, comme au sortir d'un long aveuglement. Le test positif ensuite, et la découverte, concomitante, qu'il était trop tard, que son aveuglement, précisément, interdirait tout effacement de la faute, qu'il n'y avait pas de retour en arrière possible. Pas de réparation. La conscience, enfin, des conséquences, pour elle, pour ses études, pour sa vie entière, et plus encore, avait-elle pensé dans la confusion de sa détresse, pour Naïma, pour sa mère, pour sa famille, pour sa communauté. La chose s'était ainsi développée progressivement, envahissant Yasmine au point d'empêcher son sommeil, de gêner sa respiration, de lui serrer la gorge, de lui donner mal au cœur. Il avait bien fallu feindre alors, camoufler de sourires, masquer d'habitudes le monstre de tourment qui logeait en son sein. Yasmine avait tenu bon, elle avait fait face et elle l'avait, momentanément, emporté. Le temps passant, l'angoisse s'était dissoute dans la permanence du quotidien. C'est que rien n'avait changé en apparence : le lycée, les profs, les copines, les vacances, les week-ends, tout était à sa place. Cela avait duré trois bons mois. Trois mois de répit, trois mois d'impunité. Trois mois d'oubli, presque. Même le corps de Yasmine semblait frappé d'amnésie.

Rien, ni nausées, ni vomissements, ni fatigue, ne venait trahir l'inacceptable vérité. Le secret s'était forgé ses complices. Jusqu'au ventre de Yasmine qui restait résolument plat. Tout s'accomplissait dans l'ombre, comme si l'être en devenir, conscient de son illégitimité, participait à son propre enfouissement. N'était-il pas envisageable, finalement, que tout cela n'eût été qu'un mauvais rêve ?

Yasmine avait quasiment fini par y croire, quand soudain, aux alentours de la trentième semaine, le voile s'était déchiré. Il avait suffi d'un rien, une phrase prononcée au téléphone, un soir, par Naïma. Une phrase en kabyle, toute simple, si simple que Yasmine l'avait comprise : « Pauvre madame Betrouna, c'est sûrement le déshonneur qui l'a tuée. » Les mots avaient résonné dans le salon, ils avaient infiltré l'appartement entier, en avaient assombri l'atmosphère et glacé l'air, comme les vents d'hiver à Tizi Ouzou, ceux qui portent la neige dans les montagnes et coupent la route des villages, ceux qui détruisent et isolent. Car avec ces mots, était revenue à la mémoire de Yasmine toute une histoire. Une histoire de souffrance et de mort, où elle n'avait pu s'empêcher de lire un sinistre présage.

C'était il y a cinq ans, lui avait raconté sa mère, dans un hameau au sud de Djaout. Le père d'Assia Betrouna, une lointaine cousine de Yasmine, soupçonnant que sa fille de vingt ans fréquentait en secret un jeune homme du village voisin, l'avait pendue à un olivier de son champ. Il s'était fait aider de ses deux fils, qui avaient traîné leur sœur jusqu'à l'arbre par les vêtements, par les bras, par les cheveux, par tout ce qu'ils pouvaient saisir, tandis que Madame Betrouna les suivait en hurlant. Elle ne les avait pas arrêtés cependant. Il en allait de l'honneur de la famille, de la communauté et, au-delà, des ancêtres. « La honte, c'est la jeune fille, disait le proverbe kabyle, et le gendre en est le voile. » Voile qui jamais, pour Assia, indigne, réprouvée, ne serait plus envisageable. Seule la mort pouvait rendre fierté et respect à la lignée. Seule la mort pouvait racheter la faute.

Ce qui avait affecté Yasmine ce soir-là, ce qui lui avait fait frissonner l'échine, n'était pas le seul souvenir de cette histoire ni même la conscience de sa violence. C'était que Naïma, la jeune, la moderne, l'éduquée Naïma, pût penser, en apprenant le décès de la mère d'Assia, que celle-ci était morte du déshonneur familial. S'il fallait absolument trouver cause morale à cette disparition, somme toute naturelle chez une femme de cet âge, ne pouvait-on simplement l'attribuer au chagrin d'avoir perdu sa fille ? Fallait-il encore que, par la bouche même de Naïma, revînt à Yasmine, de l'obscurité des temps patriarcaux, l'opprobre et le mépris de la femme ? Comment pourrait-elle comprendre ses racines, les assumer, les chérir, si la génération précédente, celle qui avait vécu moitié ici, moitié là-bas, ne lui transmettait pas les clefs de la transition ? Yasmine aurait voulu, ce soir-là plus que tout autre, croire à la communauté des soumises, à la solidarité des opprimées. Elle aurait voulu consoler son âme dans la chaleur d'un gynécée, où s'échangeraient, sans fards ni feintes, les secrets et les confidences. Là, elle se serait blottie, bercée par les chants et les parfums, et aurait pu enfin, affranchie de la *hchouma*, dire la vérité.

Mais Naïma avait prononcé cette phrase et, ce faisant, condamné l'espoir. Que pouvait-on espérer en effet si les femmes elles-mêmes, les mères, les sœurs, les tantes, participaient à leur propre asservissement ? Alors l'angoisse était revenue. D'un coup. Elle se nourrissait désormais de la certitude que Naïma ne comprendrait pas. Qu'elle n'entendrait ni les délices de la rencontre ni l'ardeur du désir. Qu'elle refuserait de considérer l'innocente ferveur de la jeunesse, rejetant, au nom du déshonneur, l'idée même qu'il pût s'agir d'amour. Pour la première fois depuis le départ de sa mère, Yasmine s'était sentie démunie, comme abandonnée. Si seulement elle avait osé en parler à Léo. Elle ne saisissait pas bien pourquoi elle ne l'avait pas fait. Il avait été si tendre, si attentionné. Pourquoi lui avoir refusé le droit de savoir ? Pourquoi s'être refusée à elle-même le droit de partager les inquiétudes, les doutes et les décisions, quand elle avait partagé les plaisirs ? Peut-être s'agissait-il encore, malgré tout, de la honte. Et l'angoisse avait continué de croître, pesant sans relâche sur sa poitrine, paralysant chacun de ses gestes, inhibant ses pensées. Il ne s'était bientôt plus présenté à l'esprit paniqué de Yasmine qu'une image obsédante : celle de ses oncles venant réclamer le prix de l'offense. Il était inutile d'espérer fuir. Où qu'elle allât, ils la retrouveraient. La peur sourde, diffuse, avait élu son point d'ancrage. Elle en cauchemardait toutes les nuits.

Comble de l'infortune, l'enfant lui-même semblait avoir résolu d'abdiquer, renonçant à leur coalition clandestine en affichant crânement son existence. Était-ce l'effet des mots de Naïma ou l'arbitraire ironie d'un sort cruel ? Le soir même, le ventre de Yasmine s'était subitement projeté en avant, adoptant les courbes caractéristiques de la grossesse. Elle n'y avait pas prêté attention d'abord, avait machinalement desserré sa ceinture, puis, comme cela ne suffisait pas, avait dégrafé le bouton de son jean, maugréant contre les effets d'un dîner trop copieux. Ce n'est que plus tard, en se déshabillant pour se coucher, qu'elle avait constaté le changement. Seule dans sa chambre, Yasmine se tenait debout, nue devant le miroir. Elle était sidérée par l'arrondi de son ventre. Elle parvenait d'autant moins à en détacher le regard qu'une longue ligne brune verticale, courant du sternum au pubis, en soulignait le volume. On eût dit qu'un esprit moqueur était venu, d'un trait de pinceau ou de feutre, accentuer le dessin de la silhouette pour mieux en divulguer le secret. Se pouvait-il que cette protubérance étrange, ce renflement de son reflet, contînt un être vivant? Qu'il y eût là, recroquevillé en son sein, un individu déjà doué de sensations et de besoins, tout prêt à éclore pour s'animer en plus de sentiments, de pensées et de désirs? Comment n'en avait-elle pas éprouvé la présence?

L'heure n'était pourtant plus aux questionnements. La dissimulation physique s'imposait. C'était le temps du camouflage. Un foulard bandé autour du ventre, des sweat-shirts amples, des chemises extra-larges, des soutiens-gorges trop serrés écrasant la poitrine, un élastique entre la boutonnière et le bouton du jean. Et Naïma n'avait rien vu. Ou n'avait rien voulu voir. Certains développent ainsi, parfois, des cécités partielles, les préservant d'une insupportable vérité. Seule Baya, la petite sœur de Yasmine, avait remarqué un changement. Une fois, au petit déjeuner, elle s'était exclamée en rigolant : « Eh Yas, t'as carrément grossi ! T'es enceinte ou quoi ? » Fort heureusement, personne n'avait songé à prendre la formule au pied de la lettre. On en était resté à la boutade innocente d'une enfant de douze ans. Grâce à cela néanmoins, Yasmine avait pu, sous couvert d'humour, s'affranchir un instant de l'interdit. Accentuant ostensiblement sa cambrure comme pour mimer une grossesse inexistante, elle avait caressé de ses deux mains grandes ouvertes sa chemise de nuit tendue sur son ventre bien réel : « Oui, oui, c'est ça, de huit mois en plus, regarde ! » Ce n'était pas de la provocation. Plutôt une forme de franchise, une exigence soudaine de sincérité. Une protestation d'identité. Mais le panache s'était vite résorbé dans la routine du jour : « Allez, les filles, arrêtez de dire des bêtises. Débarrassez plutôt la table. » Du tour de taille de Yasmine, il n'avait plus été question après cela. Le silence s'était refermé sur la jeune fille, enfouissant son secret, et sa peur, au plus profond d'elle-même.

Jusqu'à ce matin-là. Ce n'était pas la sonnerie du réveil qui avait sorti Yasmine du sommeil. C'étaient les douleurs. Répétées, lancinantes, contractant le bas-ventre, irradiant les cuisses et le dos. Au début, une vague souple qui montait légèrement en puissance avant de retomber. Puis une autre, quelques minutes plus tard, un peu plus soutenue. Une autre encore, et encore une autre dans le quart d'heure suivant, gagnant chaque fois en intensité. Cela ne s'arrêterait plus, Yasmine l'avait vite compris. Bientôt ce seraient des lames de fond qui lui donneraient le vertige et lui couperaient le souffle. Il fallait agir. Une fois levée, elle se sentait un peu mieux. Une douche chaude, peut-être, pourrait l'apaiser. Et lui offrir le temps de réfléchir. L'idée était bonne. La douceur de l'eau l'avait aussitôt enveloppée et rassurée. Là, dans la salle de bain fermée à clef, Yasmine avait enfin pu laisser son corps libre de ses mouvements, ses jambes fléchir, son ventre saillir, ses plaintes gémir. Elle avait pu se tenir, à quatre pattes, sous le jet brûlant, massant, par les ondulations de son bassin, le bas de ses reins. Elle avait pu pleurer, aussi. Ce n'est qu'en empoignant la serviette, cependant, qu'elle avait découvert à quel point elle avait eu raison de se réfugier dans la salle de bain. Quelqu'un assurément, quelque part, devait veiller sur elle, orchestrant en secret le bon déroulement des événements. Car c'est à ce moment précis, dans l'intimité préservée du lieu clos, que la poche des eaux s'était rompue. Yasmine avait ressenti comme un petit déchirement dans le bas de son ventre, puis un flux tiède coulant le long de ses jambes. De surprise, elle avait lâché sa serviette qui était tombée sur le carrelage, s'imprégnant immédiatement du liquide transparent qui formait déjà une flaque à ses pieds. Elle était restée ainsi un instant, nue, dégoulinante, observant sans réagir, sans comprendre peut-être, le ruissellement continu qui s'échappait d'elle. Un coup frappé à la porte l'avait tirée de sa sidération : « Yasmine, qu'est-ce que tu fais ? Je te rappelle qu'on est trois à prendre une douche. Dépêche-toi un peu. » Yasmine avait peiné à articuler sa réponse. Elle tremblait de tout son corps, et, par un phénomène étrange, ses dents s'étaient mises à claquer de manière incoercible. Elle avait, malgré tout, fait preuve d'une présence d'esprit extraordinaire, criant à travers la porte : « J'en ai pour une minute. J'ai dû mal fermer la douche, il y a de l'eau un peu partout. J'essuie et je sors. Je filerai directement après, je suis en retard. » Puis elle avait ajouté, fort à propos : « Au fait, tata, ce soir, je risque de rentrer un peu tard. Je vais chez Marie finir un exposé de SVT ; ne m'attends pas avant dix-neuf heures, dix-neuf heures trente. Je serai là pour le dîner, promis. » Il lui avait ensuite suffi de dix minutes pour finir d'essuyer le carrelage, trouver des protections hygiéniques qui préserveraient sa culotte, puis, serviette nouée autour du buste, se précipiter dans sa chambre, enfiler à la hâte un jean et un sweat, fourrer n'importe quoi dans son sac à dos, envoyer un texto à Marie, un mail au nom de Naïma à la vie scolaire et quitter la maison.

Yasmine marche dans la rue. Elle essaie de se tenir droite, mais son buste s'incline sous chaque contraction. Les passants ne s'en préoccupent pas. Peut-être imaginent-ils qu'elle ploie sous le poids du sac à dos chargé de livres de classe. Comment pourraient-ils deviner ce qui pèse vraiment sur ces jeunes épaules ? Ou peut-être ne la remarquent-ils même pas. Yasmine marche, mais ignore où elle va. Elle a pris machinalement la direction du lycée. Il faut trouver l'hôpital, maintenant. Le GPS de son téléphone portable lui indique le chemin, trente minutes à pieds, quinze en bus, dix en voiture. Elle n'a pas d'argent pour un taxi. Le bus ne convient pas non plus. Elle ne saurait supporter le regard des autres, leurs éventuelles questions, le risque d'être démasquée en public. Comme dans ces cauchemars d'enfant où l'on se retrouve, soudain, nu au milieu d'une foule. Ce sera donc la marche. En dépit des douleurs qui désormais lui déchirent le ventre en continu, lui tirant les larmes. En dépit du désir de hurler à chaque pas. En dépit de tout. Au moins là, sur le trottoir, parmi les gens qui se pressent, elle va inaperçue, anonyme, presque invisible. Et elle avance. Chaque mètre la rapproche de la délivrance, et de savoir cela suffit à lui donner force et persévérance. Bientôt, ce sera fini.

Yasmine passe tête baissée la guérite à l'entrée du centre hospitalier Marthe Condat, se ravise au bout de quelques secondes, fait demi-tour et demande au gardien la direction de la maternité. Elle s'efforce de ne pas penser qu'il la regarde bizarrement. Elle y pense néanmoins et d'y penser l'empêche d'écouter correctement sa réponse. Elle se perd donc dans le dédale du CHU. C'est un lieu immense, une ville dans la ville, avec ses quartiers, ses bâtiments alignés, ses routes bordées d'arbres, ses carrefours aux voies multiples. Deux fois, elle doit redemander son chemin, la gorge nouée et la honte au cœur. Épuisée de douleur, transpirante, comme fiévreuse, elle atteint enfin la maternité. Elle s'arrête un instant devant la porte coulissante. Elle la regarde glisser sur quelques silhouettes, laissant entrer un couple d'amoureux, main dans la main, puis sortir en criant, peu après, trois jeunes enfants suivis d'un homme et d'une femme âgés. Elle se dit qu'elle aussi va franchir cette porte dans un sens puis dans l'autre, comme on ouvre une parenthèse pour la refermer aussi vite. Elle espère que, de l'intervalle entre ces deux moments, rien ne lui restera.

La dame de l'accueil n'a pas insisté. C'est un premier point positif. Yasmine s'est présentée au guichet des admissions, heureusement vide ce matin-là, s'est penchée par-dessus le comptoir et a murmuré « J'ai perdu les eaux ». Puis elle a répondu non à trois questions: Non, sa grossesse n'a pas été suivie, ni là, ni ailleurs. Non, elle n'a pas de carte Vitale. Non, elle ne veut pas donner son nom et son adresse. Elle veut juste accoucher, comme ça, sans rien dire, et partir. Elle a été étonnée de voir la dame obtempérer si aisément: « Très bien. Attendez un instant. », lui a-t-elle dit, avant d'appeler une collègue à qui elle a chuchoté quelques mots inaudibles. La collègue a fait le tour du comptoir, s'est approchée de Yasmine et lui a dit doucement, comme on confie un secret: « Je m'appelle Clémence, je suis infirmière. Suivez-moi, je vais vous accompagner en salle de naissance. »

Puis elles se sont dirigées toutes deux vers le bout du couloir, en silence.

Ce n'est qu'une fois la porte de la salle de naissance refermée que Clémence s'adresse de nouveau à Yasmine. Elle lui explique chacun de ses gestes, tandis qu'elle l'installe sur le lit, met en place les étriers, branche le monitoring, fait la prise de sang qui servira à établir en urgence les bilans nécessaires, ceux que l'on vérifie normalement en début de grossesse. Une sage-femme, du nom d'Isabelle, les rejoint. Elle n'est plus toute jeune. À la manière assurée dont elle pénètre dans la chambre et se présente à Yasmine, on sent qu'elle a de l'expérience. Elle examine la jeune fille avec des gestes précis et délicats, parle d'une « dilatation à six », « déjà à six ». Yasmine ignore de quoi il s'agit ; elle n'ose le demander. Elle a de plus en plus mal ; elle n'ose le dire. Isabelle interroge ensuite Yasmine sur son âge et sur les raisons de l'absence de parents à ses côtés. Il en découle des choses que Yasmine ne comprend pas. Une histoire de procédure pour autoriser une péridurale, de dérogation de responsabilité, de procureur, de préfet ou de parquet. Des mots qui claquent, sans rime ni raison, dans l'esprit de Yasmine. Clémence traduit, partiellement. Comme Yasmine est mineure, le directeur de l'hôpital doit être désigné légalement responsable pour pouvoir pratiquer une anesthésie. Clémence a omis, volontairement, de parler de césarienne, de chirurgie ou de tout autre acte invasif qu'une complication éventuelle pourrait induire.

Une complication médicale, ce n'est pourtant pas ce qui soucie Yasmine. Elle n'en connaît qu'une, en vérité, de complication. De celles que l'on voudrait éviter à tout prix, de celles qui entravent votre vie et menacent votre devenir. C'est cet enfant, sa complication, cet être qu'elle sent à présent si vigoureux en elle et dont elle ne veut pas. Elle préférerait d'ailleurs, à tout prendre, que l'on n'en parle pas. Mais là, la poche des eaux rompue, les pieds posés dans les étriers, les jambes écartées en l'air, le col cédant un peu plus à chaque contraction, il faut bien tout de même finir par évoquer le sujet. Isabelle est prête à s'y atteler, avec mesure, sans périphrase ni beaux discours. Elle se doute que cette jeune fille, à qui l'on a ouvert un dossier fictif parce qu'elle refusait de donner son nom, a choisi le secret. Ce n'est pas le premier accouchement sous X auquel Isabelle assiste. Elle en a vu d'autres, y compris d'adolescentes. Elle en connaît le protocole par cœur. Toute femme, même mineure, peut se présenter ainsi à la maternité et choisir de confier son enfant. En retour, le personnel médical n'est en droit ni d'exiger une pièce d'identité ni de diligenter une enquête. Il doit en revanche informer la parturiente des conséquences de l'abandon du bébé, de la possibilité qui est donnée à la mère de laisser son identité ou d'autres éléments sous pli fermé, du régime des tutelles des pupilles de l'État, des délais et conditions sous lesquels elle et le père de l'enfant pourront, s'ils changent d'avis, venir le reprendre, des aides financières, enfin, permettant de l'élever. Voilà ce que dit la loi. Elle ne dit pas en revanche comment on annonce tout cela à une jeune fille de seize ans n'ayant que sa peur pour compagne.

Il faut bien pour commencer, malgré l'évidence, amorcer le dialogue et poser la question. C'est finalement Clémence qui s'en charge : « Ce bébé, Yasmine, vous voulez le garder ? » Elle a utilisé volontairement le démonstratif, qui ne vole pas à l'enfant son existence concrète comme l'eût fait l'article défini, impersonnel et froid, sans imposer pour autant à la jeune fille un possessif venant désigner, avec violence et réprobation, ce dont elle veut, probablement, se séparer. « *Ce* bébé » donc, plutôt que « le bébé » ou « votre bébé », pour préserver tout à la fois la mère et l'enfant. La réponse, comme Clémence et Isabelle s'y attendaient, est un « non » résolu. Mais les deux soignantes ne s'en tiennent pas à cela. Elles invitent Yasmine à raconter son histoire et prennent le temps de l'écouter. Clémence, à mots comptés, l'interroge sur ses conditions de vie, sur ses parents, sur le père de l'enfant. Elle la laisse parler de Naïma, de ses oncles. Elle l'accompagne, du regard et des gestes, jusqu'au bout du récit, jusqu'en Kabylie, au pied d'un olivier. Il n'y a plus rien à dire alors. Un silence s'installe. Un silence de deuil, où viennent résonner, amplifiées par le monitoring, les pulsations cardiaques du bébé.

La décision est prise. Trois fois au cours de son récit, l'adolescente l'a répétée : « Je n'en veux pas. » Isabelle délivre alors, à mots non moins choisis, l'esprit de la loi. Elle dit à Yasmine l'importance pour cet enfant d'avoir des informations sur son histoire et ses origines. Elle lui parle du CNAOP, le Conseil national pour l'accès aux origines personnelles, et lui remet une plaquette d'information. Elle l'invite à laisser des renseignements sur sa santé et celle du père, sur les circonstances de la naissance et les raisons qui la poussent à confier son bébé. Elle lui dit qu'elle peut même lui donner un prénom. Elle ajoute que Yasmine peut aussi laisser son nom à elle, sous pli fermé, et une lettre, des photos, des souvenirs pour que, plus tard, à sa majorité, quand le temps aura passé et que les mœurs auront évolué, que les oncles seront décédés, que la peur sera vaincue, l'enfant puisse obtenir des réponses nécessaires à sa propre construction d'homme ou de femme. À tout cela, Yasmine répond par la négative. Elle veut juste qu'on en finisse. Isabelle conclut en rappelant à Yasmine qu'elle sera en droit de changer d'avis. Pendant deux mois encore, elle pourra reconnaître l'enfant et le prendre avec elle. À tout moment, ensuite, elle pourra compléter le dossier, rajouter des indications, un mot, un nom. À tout moment, il lui sera possible de lever le secret de son identité. À tout moment. À vie, en fait.

Isabelle est sortie de la chambre. Clémence est restée un peu plus longtemps auprès de Yasmine. Elle sait qu'il va falloir attendre à présent. Attendre le bilan sanguin, attendre l'autorisation, pendant que le travail avance et que les contractions se font plus intenses. Une attente faite de souffrance physique et morale, de solitude et d'abandon. Clémence est appelée ailleurs pourtant, dans d'autres chambres. C'est le métier qui veut cela. Parfois, comme aujourd'hui, c'est presque insoutenable. Elle a du mal à laisser seule, sur ce lit, cette si jeune fille confrontée à une telle épreuve. Elle caresse les cheveux de Yasmine. Son geste est doux, maternel. « Tu n'as pas trop mal ? » Le tutoiement lui a échappé. Peu professionnel, lui dira-t-on. Qu'importe. Il n'y a personne pour l'entendre. Et il y a déjà eu trop de règles, d'interdits et de contraintes dans la vie de Yasmine. Clémence a conscience, par ailleurs, que la péridurale arrivera tard, si elle arrive. Yasmine n'a eu aucune préparation à l'accouchement, il faut remédier à cela. Alors, rapidement, bien que la jeune fille lui ait assuré qu'elle saurait tout supporter, Clémence lui montre comment réguler son souffle, en alternant à chaque contraction des inspirations lentes par le nez et de longues expirations par la bouche, accompagnées de sons profonds. Elle lui montre qu'elle peut aussi, si cela s'avère plus efficace, émettre, à l'acmé de la douleur, de petites respirations courtes et légères, comme si elle haletait. Elle ajoute que, dans cette situation, chaque femme finit toujours par savoir ce qui lui convient le mieux. Au fond de sa détresse, il reste à Yasmine une infime part de liberté.

L'accouchement a été rapide. À treize heures, soit à peine trois heures après son arrivée, Yasmine a mis au monde une petite fille. Elle n'a reçu l'anesthésie péridurale que tardivement. Le temps que l'autorisation soit accordée, son col était dilaté à neuf centimètres. Elle n'a émis aucun cri, aucune plainte durant le travail et l'expulsion. Pas même lorsqu'il a fallu pratiquer une épisiotomie. Tandis qu'Isabelle frissonnait à la perspective de cette incision, de l'entaille sanglante qu'elle traçait dans l'intimité du frêle corps adolescent, Yasmine se contentait de respirer en cadence. Quand le bébé est sorti, elle a tourné la tête sur le côté, sans un mot. D'un geste de la main, elle a refusé de le prendre dans ses bras, refusé de le voir. Elle n'a pas voulu, non plus, lui donner un prénom. Elle a juste demandé quand elle pourrait sortir. Il fallait qu'elle rentre à la maison avant dix-neuf heures.

Une auxiliaire puéricultrice est venue chercher le bébé. Elle l'a pris avec délicatesse dans ses bras, la tête minuscule lovée dans le creux du coude, le corps roulé dans un drap blanc, et l'a emporté dans une autre pièce. Un étrange sentiment de calme s'en est suivi. En dépit du drame qui se jouait, en dépit du chaos imposé à l'enfant comme à cette mère, qui n'était elle-même encore qu'une enfant, en dépit de la dévastation possible de leurs deux avenirs. Cela tenait peut-être à la fermeté de la décision de Yasmine, qui entraînait, dans son silence résolu, les doutes de l'équipe médicale. Cela tenait peut-être à une corde vide pendue à la branche d'un olivier. Clémence s'est dit qu'il faudrait que tous y pensent quand ils remettraient le bébé à l'Aide sociale à l'enfance.

Plus de deux heures se sont écoulées ainsi, dans un apaisement triste, en salle de naissance. Isabelle a appuyé sur le ventre de Yasmine, l'invitant à pousser une dernière fois pour expulser le placenta. Puis elle a procédé, avec une attention plus aiguisée encore qu'à l'accoutumée, aux sutures de l'épisiotomie. Après quoi, bien qu'elle ait été appelée pour accompagner d'autres accouchements, elle est revenue vérifier régulièrement l'état de Yasmine, pressant de nouveau son abdomen pour faciliter la rétraction utérine. Durant ces deux heures, Clémence s'est également attachée à la surveillance de la jeune fille. Elle est revenue la voir toutes les quinze minutes. Il ne s'agissait pas seulement de prendre sa température, mesurer sa tension ou surveiller la régulation de ses pertes sanguines. Il s'agissait d'être là pour elle tant que cela était encore possible. Il était si difficile d'accepter que cette adolescente devrait, dans quelques heures, rentrer seule chez elle, avec un vide au corps et une béance au cœur. Nul ne pouvait imaginer le poids d'un tel secret dans tant de solitude.

Parfois, Clémence s'attardait un peu, sans rien dire, prolongeant sciemment ses gestes pour observer Yasmine qui faisait mine de sommeiller. D'autres fois, elle engageait la conversation. Elle ne lui parlait pas du bébé. Elle lui parlait d'elle, de son corps et de ses maux au cours des prochaines semaines. Elle lui disait les contractions et les écoulements de sang, les tranchées et les lochies, la montée de lait qui surviendrait bientôt, tendant sa poitrine et mouillant ses soutiens-gorges, la cicatrisation de l'épisiotomie qui rendrait la position assise douloureuse et la marche inconfortable, le retour de couches. Elle s'efforçait de lui transmettre les choses et les mots sur les choses. À chaque difficulté annoncée, elle opposait des astuces, des remèdes de grand-mère, des secrets de bonne femme. Des poches de glace sur les seins, des bouées pour s'asseoir, des onguents pour se masser, tout ce que l'on partage de coutume de mère à fille, de sœur à sœur, de marraine à filleule, d'amie à amie autour d'un berceau. Elle lui expliquait qu'Isabelle lui délivrerait les médicaments et les produits nécessaires, qu'elle pourrait bénéficier d'un suivi médical ainsi que d'un soutien psychologique et social anonymes et gratuits, que l'équipe médicale répondrait toujours présente, dans des semaines, des mois, et l'accueillerait en cas de souci. Elle ne serait pas livrée à elle-même. Ils seraient quelques-uns, ici, à partager son secret. Ils ignoraient son nom, mais se souviendraient d'elle.

Il est dix-sept heures. Yasmine a été examinée une dernière fois par Isabelle. Elle a reçu, sans mot dire, ses ultimes recommandations, éprouvant cependant, derrière les prescriptions médicales et légales, l'empathie et le réconfort. Elle sait qu'elle est en droit de partir à présent, contre avis de l'équipe. C'est la loi. Elle signe le procès-verbal d'abandon, renfile son jean et son sweat, fourre dans son sac à dos un lot de protections hygiéniques, des compresses, de la Bétadine et quelques médicaments que lui a remis la sage-femme, oublie sur la chaise la plaquette du CNAOP, obligeant Clémence à courir derrière elle pour la rattraper au seuil du service, fait alors volte-face et s'arrête là un instant, devant l'infirmière, figée, comme si elle hésitait, puis saisit subitement la plaquette, remercie Clémence et s'éloigne sans se retourner jusqu'à la sortie de la maternité. Quand les portes coulissantes se referment derrière elle, Yasmine sent sur son visage l'air léger du dehors. Elle prend une grande inspiration, les yeux mi-clos, retient son souffle quelques secondes et l'exhale lentement en reprenant sa marche.

Tout va bien. Elle arrivera à temps pour le dîner.

PORTE 4

Madame Simoni

C'ÉTAIT LA SEMAINE PRÉCÉDENTE, mais ils en rient encore. Et pas seulement dans la salle des infirmières. Dans tout l'étage. L'histoire a fait le tour du service. Elle est passée de Clémence, qui avait assisté à la scène, à Isabelle, la sage-femme, qui l'a racontée à ses collègues au déjeuner. Puis l'une d'entre elles l'a relatée le soir même à une patiente en salle de naissance pour la détendre pendant la pose de la péridurale. À son tour, la jeune mère, de nature volubile, s'est empressée de la rapporter à ses parents, à la puéricultrice, aux aides-soignantes, aux femmes de service, à tous ceux qui entraient dans sa chambre. Quant à l'interne, il semble que ce soit l'anesthésiste qui lui en ait fait part, à moins qu'il ne l'ait juste entendue au détour d'un couloir. À chaque nouvel interlocuteur, le récit a pris de l'ampleur, s'enrichissant de précisions, se gonflant de détails, comme pour mieux préparer la chute. Chacun y est allé de ses bons mots. C'était d'autant plus drôle que cela commençait tragiquement.

Un homme appelait, paniqué. Sa femme, enceinte de quatre mois, avait perdu beaucoup de sang. Ça coulait gros comme son poing. Il y en avait plein le lit, même que ça avait traversé le drap housse et taché le matelas. Un matelas tout neuf, à deux cents euros, vous vous rendez compte, avait-il ajouté. Au téléphone, Clémence n'avait pas hésité : « Vous venez tout de suite, monsieur. On vous attend. » Une demi-heure plus tard, un petit homme bedonnant, en jogging et débardeur, le visage rougi et le front suant, se présentait au comptoir d'accueil : « B'soir, monsieur Simoni. C'est moi qu'a appelé, pour ma femme. Alors, on fait quoi ? » « Calmez-vous, monsieur. Ça va aller, on va l'examiner immédiatement. Il faut juste l'enregistrer. Elle est en salle d'attente ? » L'homme n'avait pas bougé. Seul son cou, qui semblait vouloir s'arracher à ses épaules, avait fait un brusque mouvement en avant, tandis que sa mâchoire inférieure tombait, laissant échapper un son singulier, quelque part entre « beh » et « bah ». Puis il était resté planté là, les paumes tournées vers le ciel, la bouche ouverte, les yeux écarquillés, le visage saisi dans l'expression figée d'un masque. Ses narines seules paraissaient encore animées de vie, se dilatant puis se resserrant en un va-et-vient précipité qui faisait trembler son philtrum, comme si dans l'espace entre la pointe du nez et l'ourlet de la lèvre supérieure se logeait un petit animal aux abois. Clémence avait de nouveau essayé : « Monsieur, vous pouvez nous amener votre femme pour qu'on l'enregistre, s'il vous plaît ? Il ne faut pas tarder. » « Ben, ben… » Décidément, cela ne sortait pas. « Que se passe-t-il, monsieur, dites-nous ? » « Ben, ben… ma femme… » « Oui, votre femme, quoi ? Vite. Où est-elle ? » « Ben… ben, vous m'avez pas dit qu'y fallait l'amener. »

C'est là que les choses s'étaient compliquées pour Clémence. Car, à la lumière de ces phrases bredouillées à la hâte, tout ce qui précédait – la posture, les gestes, l'expression du visage de monsieur Simoni, sa panique, ses hésitations, ses silences mêmes, et jusqu'au tremblement de son philtrum –, se trouvait soudain investi d'une puissance comique redoutable. On eût dit que le pauvre homme avait en secret peaufiné son personnage, travaillé ses mimiques pour composer ce numéro parfait de terreur candide, tout entier destiné à la résolution magnifique de la tragédie en éclat de rire. Pour être involontaire, l'effet n'en était pas moins réussi. Aussi Clémence avait-elle senti monter en elle une envie irrépressible de s'esclaffer, envie d'autant plus forte que sa collègue Eva, faisant mine d'attraper un stylo sur le comptoir, venait de lui glisser à l'oreille une imitation caricaturale de la dernière réplique, allongeant à l'extrême la durée des nasales « ben… ben » pour mieux précipiter la suite dans une bouillie verbale à peine articulée. Alors Clémence avait fermé les yeux, pincé entre ses incisives le bout de sa langue puis s'était efforcée d'inspirer calmement tandis qu'elle tendait les muscles de sa mâchoire pour contrôler les spasmes de ses zygomatiques. Il n'était pas question de pouffer à la face de monsieur Simoni.

Non que le rire soit chose proscrite à Marthe Condat. Il s'y avère même plutôt courant, se manifestant en explosions d'autant plus irrépressibles que le contexte est difficile. Clémence n'en est pas moins adepte que les autres. Comme ses collègues, elle en a besoin pour tenir. On rit donc de tout à la maternité, sans limite ni autocensure, au mépris de la morale et, parfois, de la légalité. On rit des parturientes, de leurs effluves nauséabonds, quand le pied sur l'étrier vous maltraite l'odorat, de leurs cris de douleur qu'on se plaît à classifier en espèces animales, de leurs tatouages mal placés sur la poitrine qui feront bientôt téter au nouveau-né une truffe de chien, un croissant de lune ou un orteil de bimbo ; on rit des pères aussi, de ceux qui se promènent les charlottes aux pieds et les surchaussures sur la tête ou qui présentent les signes rémanents d'une couvade, de leur pâleur soudaine à la vue d'une aiguille, d'un placenta ou de ciseaux à cordon, de leur peau lézardée de marques d'ongles ou de dents sur le dessus des mains après l'accouchement ; on rit même des bébés, que l'on s'autorise éventuellement à trouver moches, le lanugo persistant leur conférant un aspect simiesque, les têtes s'allongeant en pain de sucre comme dans un miroir déformant, les oreilles décollées, les nez bouffis et les yeux qui louchent qu'on photographie en secret pour faire rigoler les copines. Ce sont des rires de décharge, des rires de soupape, qui n'appartiennent qu'aux soignants et n'ont place que dans le contexte particulier de la maternité. Il y a bien sûr, à l'occasion, des excès, des rires plus sarcastiques que d'autres, de ceux qui fendent le cœur et mordent les chairs. Clémence s'en veut parfois d'être allée trop loin, d'avoir hurlé avec les loups, rejoint la meute pour le plaisir d'un bon mot ou la soumission à l'excitation du moment. Le plus souvent tout de même, il s'agit simplement d'un humour potache, à forte dominante scatologique : histoires de défécations et mictions intempestives sur la table d'accouchement, gaz bruyants qui ponctuent les instants les plus émouvants et que l'on fait mine d'ignorer derrière le masque médical, fausses excrétions corporelles que l'on fabrique avec du cacao, de l'encre, de la Bétadine pour les coller sur les tuniques ou les casiers des collègues. Un humour de bonne guerre, comme ils disent, pour oublier les autres combats et les vrais drames.

Si Clémence et ses collègues sont effectivement prêts à transgresser quelques lois au profit d'une bonne rigolade, il en est une en revanche, non écrite, qu'ils respectent naturellement : on rit de tout, mais jamais devant un patient, a fortiori quand un danger potentiel menace. Il n'était pas question donc, ce jour-là, de pouffer à la face de monsieur Simoni. Par respect pour cet homme, dont la pantomime, le moment de surprise passé, s'avérait plus attendrissante que ridicule, mais aussi parce qu'il y avait mieux à faire : rassurer monsieur Simoni, le questionner à nouveau quand il aurait recouvré ses esprits, obtenir son adresse et des détails précis sur l'état de la parturiente tandis qu'on appelait le Samu pour envoyer chercher celle-ci de toute urgence. Ce n'est qu'ensuite, quand l'examen avait révélé un léger décollement du placenta, exigeant une petite nuit d'hospitalisation et un retour à domicile heureusement assorti d'une aide familiale, que l'histoire avait pu prendre forme. Il fallait qu'elle se terminât bien pour être racontable.

Et l'on sait depuis lors, dans le service, comment désigner ces êtres touchants que l'imprévu, l'émotion, l'angoisse privent soudain de tout bon sens. En hommage à monsieur Simoni, on les appelle les « benbens ».

PORTE 5

—

Marie-Noëlle

CLÉMENCE, CONCENTRÉE sur le dossier d'une patiente, ne l'a pas entendue arriver. Elle se tient devant elle pourtant, de l'autre côté du comptoir d'accueil des urgences obstétriques, grande, plantureuse, vêtue d'une longue robe noire qui peine à dissimuler son embonpoint – un embonpoint à l'ancienne, un embonpoint de nourrice, avec des hanches larges, une taille épaisse, des mollets ronds serrés dans des bas noirs, des bras gros comme des cuisses et une poitrine lourde qui tire son buste vers l'avant, donnant l'impression qu'elle s'apprête constamment à basculer. Elle s'est avancée à pas délicats cependant, à pas feutrés, glissant sur le lino gris des ballerines usées. Elle pose sur Clémence un regard sombre et égaré qui contraste avec son visage poupon. On ne saurait lui donner d'âge. Avec sa raie au milieu, ses cheveux un peu gras remontés en chignon et sa peau d'une blancheur laiteuse, elle tient à la fois de l'enfant et de la vieillarde. Elle a cet air de désarroi de ceux que la vie n'a pas épargnés.

« Je m'appelle Marie-Noëlle. Marie-Noëlle Vasseur. J'ai des contractions. Je crois que ça y est. » Elle s'est exprimée d'une voix fluette, une voix de petite fille, en zozotant légèrement. En dépit de sa silhouette imposante, elle semble si fragile que Clémence a envie de la prendre dans ses bras. Il y a mieux à faire néanmoins. Il faut en priorité mesurer le caractère d'urgence de la situation. « Vous êtes enceinte ? » « Oui. » « À terme ? » « Presque. C'est pour la semaine prochaine normalement. » « Vous êtes suivie chez nous ? » « Ah, bah ça, non. » « Où donc alors ? » « Euh, nulle part. » À toutes les questions qui suivent, Marie-Noëlle rétorque un « non » systématique, comme s'il n'y avait plus que ce mot à son vocabulaire : non, elle n'a pas eu de suivi de grossesse, ni d'échographie ou de tests sanguins ; non, elle ne sait plus la date de ses dernières règles ; non, elle n'est pas venue accompagnée. Soudain, elle est saisie d'une contraction violente. Elle pousse un cri strident, se plie en deux, la main gauche serrée contre le ventre et la droite posée au-dessus du fessier. « C'est dans les reins. Je le sens. Il m'appuie sur les reins. » Marie-Noëlle gémit, le souffle haletant, le visage rouge et des sanglots dans la voix. « J'ai trop mal, aidez-moi. » Clémence contourne le comptoir en vitesse, la saisit par le bras et entreprend de masser du plat de la paume le bas de son dos. La main aux doigts déployés exécute d'amples mouvements circulaires en forme de huit allongé, esquissant le signe de l'infini sur la robe noire. Marie-Noëlle peine à se redresser, semble chercher l'air. Clémence la soutient de tout son corps. Elle la porte presque. C'est un spectacle étrange, en vérité, que cette infirmière si menue ployant sous cet être massif, la face écrasée contre son énorme poitrine, tels ces enfants qui s'essaient à soulever leurs parents en vacillant. On dirait que Marie-Noëlle va la recouvrir tout entière et l'engloutir dans ses chairs. Elle n'en fait rien toutefois, se dégageant peu après des bras de Clémence pour se cambrer en arrière. « Ouf, c'est passé. », soupire-t-elle, avant d'ajouter, l'air résigné, « Jusqu'à la prochaine, en tout cas. » Le dialogue reprend, plus saccadé, plus rapide. L'urgence guide les échanges. « Vos contractions sont rapprochées ? » « Oui, plutôt. Toutes les cinq minutes à peu près. » « Vous avez d'autres enfants, madame Vasseur ? » « Oui, quatre. Trois garçons et une fille. Si vous les voyiez… » Clémence ne l'écoute plus. Il lui importe peu d'imaginer ces enfants. Seul leur nombre l'intéressait. Ce qui compte à présent, c'est l'imminence de cet accouchement pour lequel aucun bilan médical n'a été réalisé au préalable. Elle fait signe à l'aide-soignante, lui demande d'aller chercher rapidement la sage-femme, puis invite Marie-Noëlle à la suivre.

Clémence la précède dans le couloir, pressée d'installer sa patiente dans un box où l'on pourra l'examiner. Elle sent qu'elle la talonne, entend le glissement de ses petits pas dans les siens, perçoit son souffle haletant dans son dos. Elle frissonne. Quelque chose ne va pas, Clémence en est sûre, sans parvenir à saisir ce dont il s'agit. Cela tient peut-être à la démarche de Marie-Noëlle. Ce glissement fuyant, comme s'il hésitait à s'imposer au sol. Tandis que Clémence l'installe sur le lit, Marie-Noëlle lui parle de ses autres enfants. Noé, Nolan et les jumeaux, Nemo et Nathalie. Elle aimerait que ce soit encore une fille. « De toute manière, ajoute-t-elle, j'ai toujours voulu plein d'enfants. Toute petite, j'avais des tas de poupées. Maman voyageait beaucoup pour son travail et à chaque fois qu'elle revenait, elle m'en ramenait une. Elle disait que j'étais faite pour ça, avoir des bébés. Les poupées, c'était, comme qui dirait, pour m'entraîner. » Clémence ne sait que répondre. Elle se sent mal à l'aise. Marie-Noëlle la contemple avec un sourire béant. Un grand sourire froid, forcé, quasi douloureux. On dirait qu'elle s'est figée ainsi. C'est tellement dérangeant que Clémence voudrait attraper la commissure de ses lèvres pour les contraindre à se refermer.

La porte s'ouvre et Myriam, une jeune sage-femme, entre dans le box. Marie-Noëlle est aussitôt saisie d'une nouvelle contraction, plus intense encore que la précédente. Elle hurle. Clémence ne peut s'empêcher de penser que cela a le mérite d'effacer son sourire. Honteuse de s'en sentir presque soulagée, elle s'empresse de résumer la situation à Myriam, qui, la contraction passée, met en place le monitoring. Marie-Noëlle, après avoir répondu à quelques questions complémentaires, a repris son récit. Elle le débite à présent d'un ton monocorde, imperturbable. Seule la hauteur de sa voix varie, tendant de plus en plus vers les aigus. « Une fois, maman est revenue de loin, du Togo ou du Congo, je ne sais plus. Elle m'a ramené une poupée toute noire, avec des cheveux crépus. Je n'en avais jamais vue, alors j'ai fait une drôle de tête. Maman m'a grondée. Elle m'a dit : "Quand on s'appelle Marie-Noëlle, on aime tous les bébés du monde, et on s'en fiche de leur couleur." C'était vrai, je m'en fichais. J'étais juste étonnée. Seulement le lendemain, pendant que je donnais le bain à ma poupée, elle m'a glissé des mains. En essayant de la rattraper, je lui ai arraché le bras. Maman était furieuse. Elle m'a traitée de maladroite, de mauvaise fille, de sale petite, de méchante, de raciste. Elle semblait ne plus pouvoir s'arrêter de me dire des vilains noms et plus elle en rajoutait, plus elle s'énervait. Après, elle m'a serré le poignet très fort, l'a tordu presque, en me disant “Tu voudrais, toi, qu'on t'arrache le bras?”, et pour finir, elle m'a donné une claque. Et vous savez quoi, docteur – désormais Marie-Noëlle appelle tout le monde indifféremment docteur –, je crois que maman ne m'a jamais pardonnée. Pourtant, je vous jure, je n'avais pas fait exprès ».

Clémence croise le regard de Myriam. Elle a l'air inquiet. Il y a de quoi, se dit Clémence. Mais il ne s'agit pas du récit de Marie-Noëlle, il s'agit du monitoring. Myriam ne parvient pas à l'installer. Elle a déjà déplacé trois fois les deux capteurs, celui sur le haut du ventre qui enregistre les contractions, et l'autre plus bas, qui mesure les battements cardiaques du bébé. Elle palpe de nouveau le ventre de Marie-Noëlle, remet du gel sur les capteurs. Ses gestes sont un peu nerveux. Clémence tente de se rassurer. Le contrôle du rythme fœtal est toujours plus difficile chez les femmes de forte corpulence, en raison de l'épaisseur de leur paroi abdominale. Il faut beaucoup d'expérience et Myriam est débutante. Et puis Marie-Noëlle bouge beaucoup. Elle crie, se cabre et se tord à chaque contraction, empêchant la sage-femme d'en évaluer la fréquence et l'intensité. Ces explications ne suffisent pas cependant. Au visage fermé de Myriam, à ses sourcils froncés, Clémence comprend que la situation pourrait leur échapper.

« Je vais chercher un médecin, je reviens tout de suite. » Myriam a prononcé ces mots à voix basse, en se dirigeant vers la porte, sans regarder personne. Nul ne saurait dire si elle s'est adressée à Marie-Noëlle, à Clémence, ou à elle-même. Peut-être aux trois à la fois. Marie-Noëlle se sent mieux, c'est déjà cela. C'est elle à présent qui semble vouloir tranquilliser l'infirmière.

« Oh, vous savez, docteur, pour mes autres accouchements, c'était déjà comme ça. Ils n'arrivent même pas à sentir le dos du bébé. Alors son petit cœur, vous imaginez. Généralement, on fait sans monitoring, et puis voilà. » Clémence ne sait que dire. Si professionnelle d'ordinaire, elle se sent totalement décontenancée. Tout lui paraît à la fois familier et étrange, comme dans un film asynchrone où les images et les voix, parfaites isolément, ne coïncideraient plus. Elle reste donc muette, s'attachant à accomplir au mieux ses gestes coutumiers, ceux qui jamais ne sursoient ni ne dérogent au protocole établi.

« Ah, mais voilà, tout s'explique ! C'est notre mère Noëlle qui est de retour, avec son polichinelle dans la hotte. » Le verbe haut et la démarche assurée, vient d'entrer dans le box l'interne de garde, Élodie, une grande femme maigre aux longs cheveux remontés en queue de cheval dont elle aime fouetter le visage de son interlocuteur quand elle tourne les talons. Elle arbore, à son habitude, l'air triomphant de ceux qui ne doutent de rien et n'épargnent personne. Un air content de soi, un air impudent qui horripile Clémence. Quelles que soient ses compétences médicales, effectivement indéniables, c'est assurément l'être le moins adapté à la situation.

« Alors, madame Vasseur, laissez-moi deviner : vous êtes enceinte et vous allez accoucher. Comme le mois dernier, comme il y a trois mois, six mois et… dix mois. Ou onze. Arrêtez-moi si je me trompe, je les confonds. » Marie-Noëlle ne répond pas. Elle s'est recroquevillée sur le lit, les bras croisés sur le ventre, les yeux fermés et la mâchoire serrée, saisie d'une nouvelle contraction. Mais Élodie n'en a pas fini. Elle s'approche de Marie-Noëlle et s'adresse à elle d'un ton condescendant, en élevant la voix et en articulant bien chaque syllabe, comme si elle parlait à une enfant ou à une attardée : « Madame Vasseur, vous connaissez l'histoire du petit garçon qui criait toujours "au loup", juste pour s'amuser à faire peur aux habitants de son village ? Eh bien, le jour où le loup est vraiment arrivé, personne ne l'a cru et il a été mangé. Voyez, madame Vasseur, à force de nous mentir, le jour où vous aurez vraiment besoin de nous, on ne vous prendra plus au sérieux. »

Clémence saisit le bras d'Élodie sans même réfléchir, l'entraîne dans un coin de la pièce et lui chuchote à l'oreille : « Tu ne crois pas qu'on devrait y aller plus doucement ? Je n'ai pas l'impression qu'elle le fasse exprès. » Élodie la dévisage un instant, interloquée. Clémence jurerait que, pendant une fraction de seconde, elle a paru déstabilisée. Elle ne lui connaissait pas cette expression déroutée qui la lui rend presque sympathique. Cela ne dure pas, néanmoins. Élodie se ressaisit rapidement, toise l'infirmière, puis, avec une candeur outrée, lui rétorque, comme s'il s'agissait d'une indéniable évidence : « Non, mais franchement Clémence ! Tu ne la connais pas. C'est une "psy". Elle a bien eu un enfant, ça c'est vrai, il y a dix ans. Il avait des coliques, il pleurait, il criait beaucoup. Un jour, elle n'en pouvait plus, elle l'a secoué dans tous les sens, comme une poupée de chiffon. Tu imagines le tableau. HSD, hémorragies sous-arachnoïdienne et rétinienne, lésions hypoxo-ischémiques, porencéphalie. La totale. Pour la suite, je te passe les détails : combo ASE-MDPH pour lui, HP pour elle. On se demande vraiment pourquoi ils l'ont laissée sortir à Sainte-Anne. Au final, elle est devenue complètement mytho. Elle nous tanne trois fois par an avec ses grossesses nerveuses. On n'a pas que ça à faire, nous ! » Élodie a débité sa tirade à toute vitesse, en parlant de plus en plus fort, si fort que Marie-Noëlle l'a sûrement entendue. À présent, l'interne hoche la tête en signe d'agacement, se frotte nerveusement les mains, relève le menton et le dardant en secousses successives vers la patiente, ajoute : « Bon, vous me la faites pisser dans un bocal, vous me l'envoyez quand même en gynéco pour une écho : des fois qu'elle aurait un kyste qui se promène, ça serait con de passer à côté, hein ? » Élodie rigole, visiblement satisfaite de sa blague, « Et après, zou, vous me la dégagez chez les dingos. »

Une volte-face et un cinglement de queue de cheval plus tard, Élodie a quitté le box. Clémence, elle, est restée clouée sur place, les bras ballants, les lèvres closes, incapable d'agir ou de parler. Sidérée. Se peut-il que certains humains soient à ce point imperméables à la détresse ? De quelle étoffe sont-ils faits et que vient-elle recouvrir ? Clémence ne peut s'interdire de penser que des abîmes d'humanité blessée se cachent sous cette attitude. Elle aimerait considérer les choses autrement. Elle aimerait pouvoir se dire qu'Élodie est juste mauvaise ou idiote. Elle aimerait pouvoir le lui dire. Elle aimerait même être capable de lui courir après, de la rattraper par la tunique, de la saisir par les épaules et de la forcer à la confrontation. Comme elle se mettrait en colère alors, comme elle lui jetterait son mépris à la face ! De l'imaginer, il lui semble un instant qu'elle l'a fait. Son cœur s'est emballé, c'est vrai, et ses joues sont rouges ; mais elle restée là sans bouger, sans rien dire, cherchant malgré tout, malgré elle, des excuses à la méchanceté. Elle ne saurait se résoudre à l'absence de causes, même si cela conduit, dans les faits, à une forme de résignation. Peut-être est-ce là, finalement, ce qui l'indigne le plus.

Qu'importe Élodie cependant. Qu'importe de n'avoir rien dit. C'est Marie-Noëlle qu'il convient d'aider à présent. Marie-Noëlle qui a tout entendu. Marie-Noëlle qui se tient là, prostrée sur le lit, traversée de douleurs d'autant plus violentes qu'elles sont imaginaires. Jamais, auparavant, Clémence ne s'est sentie aussi impuissante. Elle ne sait plus rien penser ; elle ne sait plus que faire. On la dirait rongée du mal de sa patiente. Totalement démunie. Pour un peu, elle pleurerait.

Myriam est présente, heureusement. C'est elle, si jeune, si inexpérimentée, si timide d'apparence, qui se dirige vers Marie-Noëlle, enlève les capteurs du monitoring et lui essuie, avec des gestes doux comme des caresses, le gel sur le ventre. C'est elle, aussi, qui s'efforce de réparer, en paroles, les mots de l'interne. Elle lui dit que c'est rare, mais que cela arrive. Parfois, on croit être enceinte et on ne l'est pas. On présente tous les signes d'une grossesse, on en éprouve physiquement les effets : les nausées, l'absence de règles, le ventre qui s'épanouit. On peut même sentir en soi les mouvements d'un bébé, comme des gargouillis ou des battements d'ailes de papillon. Et puis, vers la fin, on a mal, on souffre de spasmes, de contractions. C'est triste et douloureux quand on découvre qu'il n'y a pas d'enfant. Terriblement décevant. Inimaginable même. Il faut se faire aider alors. Essayer de comprendre. Et de soigner. Elle va l'accompagner auprès d'autres docteurs, des spécialistes, qui vérifieront ce qu'il s'est vraiment passé. Ils s'y connaissent. Ils sauront prendre soin d'elle et l'orienter pour la suite.

Marie-Noëlle n'a rien répondu, rien montré. Ni chagrin, ni regret, ni révolte. Elle s'est assise au bord du lit, a renfilé ses ballerines et a attendu là, les mains agrippées au matelas, les jambes oscillant dans le vide, que Myriam l'invite à la suivre. Elle a coulé doucement alors ses pieds jusqu'au sol, s'est redressée de toute sa hauteur en vacillant légèrement d'avant en arrière, puis s'est attachée à marcher au rythme de son guide, le regard fixe, la bouche close, glissant cinq petits pas à chaque enjambée de la sage-femme. Clémence est restée seule un instant dans le box, pour ranger, a-t-elle dit, avant de les rejoindre. Elle les a observées passer la porte et les a suivies du regard jusqu'au bout du couloir. Bientôt le corps de Marie-Noëlle a dissimulé Myriam à sa vue. Il n'y avait plus sur le lino gris que cette immense silhouette noire condamnée à avancer en pointillés. Captive d'une identité scellée dès sa naissance, ne laissant à son être propre qu'un espace ridicule. À peine un trait, entre Marie et Noëlle.

Elle reviendrait, Clémence en était certaine. Elle reviendrait et ils l'examineraient, comme toutes les autres fois, comme toutes les autres femmes. Parce qu'on ne sait jamais.

PORTE 6

—

Rosana

CLÉMENCE LES A RECONNUS immédiatement. Rosana et son mari, Luiz. Tout le monde se souvient d'eux dans le service, tous ceux du moins qui étaient de garde ce soir-là, il y a un peu moins d'un an. Nul n'aurait pu les oublier.

Ils s'étaient présentés le jeudi huit septembre deux mille vingt-deux, vers vingt heures, aux urgences obstétriques du centre hospitalier Marthe Condat. Rosana, enceinte de quatorze semaines, perdait beaucoup de sang. Cela avait commencé par de petites traces brunâtres sur ses sous-vêtements, dont elle ne s'était d'abord pas inquiétée. Puis elle avait ressenti des douleurs intenses dans le bas-ventre et le sang, rouge vif, s'était mis à couler de manière incessante. Il lui avait semblé, à un moment, qu'il se mêlait d'eau. Ils étaient arrivés rapidement à l'hôpital et avaient aussitôt été pris en charge. Mais cela n'avait rien changé. Ce n'était pas une question de temps. Ce n'était pas non plus une question de soins. Personne ne pouvait rien y faire. Le cœur du fœtus avait cessé de battre spontanément, sans doute depuis quelques jours. On ne savait pas pourquoi. On ne le saurait jamais. C'était ce que l'on nomme communément une fausse couche tardive.

Rosana était encore sur la table d'examen quand son corps avait expulsé le fœtus. Il était apparu, terriblement minuscule, une dizaine de centimètres à peine de la tête au coccyx, une cinquantaine de grammes, déjà formé pourtant, les bras croisés sur la poitrine, les jambes repliées, la peau délicate laissant entrevoir le fin trajet des veines. Il tenait tout entier dans la paume d'une main. Clémence avait assisté à suffisamment d'avortements spontanés pour savoir qu'ils n'étaient banals qu'au regard de la science. Pour la plupart des mères, ce n'était pas un simple accident de parcours. Leur enfant existait déjà en imagination. Elles n'en mesuraient pas seulement la vie en semaines d'aménorrhée : il avait l'âge de tout un avenir. Le terme même de fœtus leur semblait une insulte à l'être vivant, chargé de promesses et d'espoirs, qu'elles portaient en elles depuis des semaines, des mois parfois, et qui leur échappait soudain. Leur bébé. Pour toutes ces femmes, il n'y avait pas non plus de fausse couche. Celle-ci était aussi vraie qu'une autre. Il n'y avait que la perte. Une immense béance au lieu du bonheur attendu. Alors quand c'était fini, quand on ne pouvait plus rien faire, les mots prenaient toute leur importance. Eux seuls pouvaient habiter le vide. Clémence y songeait en s'adressant à Rosana.

L'avancement de la grossesse n'était tout de même pas anodin. Rosana venait de passer le fameux cap du troisième mois. Elle entrait dans le second trimestre, celui, dit-on, de la sérénité. Le coup n'en était que plus violent. Car, du bébé fantasmé, Rosana avait vu, deux semaines auparavant, s'afficher en noir et blanc sur petit écran les formes bien réelles – la tête, le tronc, les membres parfaitement dessinés. Elle avait appris à en distinguer les organes, en avait observé les mouvements, compté les doigts et les orteils. Elle avait vu, surtout, et entendu battre le cœur de son enfant, un cœur énorme et galopant, un cœur plein de vie. On lui avait dit qu'il s'agissait probablement d'un garçon. Rosana avait envoyé sa déclaration de grossesse, demandé une place en crèche et commencé une liste de prénoms. De tout cela désormais, sa perte était emplie.

Clémence mesurait ses mots, donc, et adoucissait ses gestes quand Rosana s'était mise à pleurer. Cela avait été d'abord un petit gémissement, aigu et sourd, qui avait enflé bientôt en francs sanglots, gonflant le ventre de la jeune femme à chaque inspiration avant d'exploser en effroyables plaintes. Un long silence avait suivi. Puis Rosana avait pris la parole. D'une voix singulièrement monocorde, en dépit d'un accent prononcé, elle avait raconté l'histoire de son bébé. Une histoire venue de loin, où la violence des sentiments et des sensations se mêlait à l'implacable austérité des faits. Une histoire de chagrins et d'espoirs, de calculs et de probabilités. De hasard et de nécessité.

Tout avait commencé huit ans plus tôt. Rosana avait vingt-neuf ans. Elle avait décidé de faire un enfant avec Luiz, avait arrêté la contraception et attendu. Au bout d'un an, l'enfant n'était toujours pas venu. On lui disait que c'était normal, que la nature était parfois capricieuse, qu'il fallait savoir patienter, mais Rosana n'était pas de cet avis. Le couple avait donc consulté un spécialiste de la fertilité, passé de nombreux tests médicaux, et attendu, encore. Les résultats étaient arrivés des semaines plus tard : Rosana avait une trompe bouchée, il fallait recourir à la procréation médicalement assistée. Le protocole s'était révélé pénible, sinon douloureux. Une vie soumise au rythme des cycles, des mesures, des injections, des prélèvements et des inséminations. Une vie soumise, aussi, au silence. Leurs familles n'auraient pas accepté et ils n'avaient pas le cœur d'en parler à leurs amis. Douze mois s'étaient écoulés ainsi. Douze mois soldés par douze échecs. « On va cesser de perdre du temps, leur avait annoncé alors le gynécologue, on passe à la FIV. » Le protocole avait repris, tyrannique et chronophage. Rosana, à grands renforts de piqûres et de cachets, avait cependant bien répondu à la stimulation ovarienne, et ses ovules, à la fécondation par le sperme de Luiz. Un sperme, avait dit le docteur, d'une excellente motilité. La vie était possible, l'espoir renaissait.

La première FIV avait donné lieu à cinq transferts successifs de deux embryons, nécessitant, à chaque fois, de réitérer tout le protocole d'implantation. D'autres injections, d'autres prises de sang, d'autres examens. Et l'attente, toujours. Cinq fois douze jours avant d'appeler le laboratoire, cinq fragments de vie en suspens, le cœur serré, et cinq réponses négatives, comme autant de coups assénés. Aucun embryon n'avait survécu. Il avait donc fallu prévoir une deuxième FIV. Huit fécondations abouties, quatre transferts, quatre échecs. Puis une troisième. Quoique Luiz demeurât résolument optimiste, Rosana sentait ses forces s'amenuiser. Son corps même semblait n'en plus pouvoir. Il produisait de moins en moins d'ovules, pour des embryons de plus en plus rares, dont peu résistaient désormais à la congélation. Cette troisième fois, il n'y avait eu que deux transferts. Rosana avait tout essayé, le yoga, la méditation, l'acupuncture, la sophrologie. Rien n'y faisait.

La quatrième FIV avait été programmée dans la foulée. C'était la dernière. « Je n'ai pas les moyens de continuer », avait affirmé Rosana. Bien qu'elle eût des revenus modestes, son gynécologue avait compris qu'elle ne parlait pas seulement d'argent. Il était vrai, néanmoins, que le couple avait épuisé le quota de tentatives remboursées par la Sécurité sociale. En plus de tout, les sous allaient en effet manquer. Cette FIV-là avait donné vie à cinq embryons. Le transfert des trois premiers avait échoué. Il n'en restait plus que deux, congelés. Pour un ultime essai. Contre toute attente, le gynécologue de Rosana avait alors décidé de l'envoyer faire un examen plus poussé chez un grand professeur, « une pointure ». Celui-ci avait immédiatement diagnostiqué une endométriose, responsable de la trompe bouchée comme des échecs de toutes les nidations embryonnaires. Il était formel : il n'y aurait pas de grossesse sans retrait des tissus atteints, lésions et adhérences. Une intervention, avait-il ajouté, pratiquée sous cœlioscopie pour faciliter les suites opératoires. La simplicité apparente du diagnostic comme du traitement avait déstabilisé Rosana. Elle ne savait plus que penser, oscillant constamment entre colère, regrets et joie. Combien d'années d'efforts et de souffrances, d'attentes déçues, de temps perdu pour ce petit bout d'espoir délivré ainsi sur le seuil, au moment du départ ? C'en était presque ironique.

Rosana et Luiz n'avaient pas le choix. Ils avaient mis de côté leurs ressentiments, fait taire leurs doutes et avaient tout accepté. La chirurgie, la convalescence, le dernier protocole, la dernière implantation. Ils avaient même accepté le risque d'une ultime déception, plus assommante encore que les précédentes. Ils avaient tout accepté et avaient eu raison. Douze jours plus tard,

Rosana avait entendu, au téléphone, le mot qu'elle n'osait plus attendre. Elle l'avait fait répéter et s'en était emplie, portée désormais du matin au soir par sa résonance, se levant, s'habillant, sortant dans la rue, faisant ses courses, allant au travail, croisant les regards, soutenant les conversations en se le chuchotant intérieurement. Elle était *enceinte*. Et cela avait duré. Un mois, deux mois, trois mois. Et encore un peu plus. Suffisamment longtemps pour commencer d'y croire sans avoir à se le redire. Cela avait duré, en fait, jusqu'à ce soir-là. Ce jeudi huit septembre deux mille vingt-deux, autour de vingt heures.

Rosana avait fini son récit. Elle n'était plus seule à pleurer désormais. Tous, dans la salle, avaient les larmes aux yeux. L'air s'était comme densifié au souvenir des tentatives avortées. On détournait la tête, on se cachait sous le masque, on tentait de faire bonne figure, avec d'autant plus de difficultés que s'élevaient à présent dans le lointain des cris dont l'innocente vigueur s'avérait insoutenable : de l'autre côté du couloir, derrière une autre porte, un bébé venait de voir le jour. Il fallait bien admettre alors, en dépit de l'égalité des soins dus à chacune, que certaines grossesses pouvaient paraître plus précieuses que d'autres et certaines pertes, plus scandaleuses.

Puis Rosana s'était tournée vers Clémence, qui, après s'être discrètement rapprochée d'elle, se tenait désormais à la tête du lit, la main posée sur le drap, tout près de son visage. « Pourquoi il nous a abandonnés ? » lui avait-elle lancé. Clémence s'était demandée de qui elle parlait – du gynécologue, de l'échographiste, du chirurgien, d'un infirmier ? Rosana avait un accent très prononcé, qui lui faisait grasseyer les « r », chuinter les « s », « oussoyer » les « u » et accentuer les syllabes, donnant un rythme chantant, quasi souriant, à ses interrogations, sans pour autant en occulter le ton incisif, empreint de révolte désespérée. « Pourquoi il ne nous a pas entendus ? Pourquoi ? » avait repris Rosana, d'une voix plus basse, presque abattue. Alors Clémence avait osé la question. « Qui donc ? » « Mais Lui ! Lui ! » s'était exclamée Rosana en se redressant, allongeant la diphtongue qu'elle prononçait « lou-i », les paumes des mains et les yeux dirigés simultanément vers le ciel. Clémence s'était trouvée prise de court : elle ne s'attendait guère à devoir justifier ce dont elle niait l'existence même. L'heure n'était pas cependant au débat métaphysique. Avec Dieu, c'était l'espoir qui avait fui. Il fallait donc, malgré le drame, malgré sa propre colère, malgré son athéisme forcené, lui ménager une petite place. « Reposez-vous, Rosana. Il est encore trop tôt pour ces questions. Vous obtiendrez des réponses avec le temps. Moi, je crois au temps. Lui seul adoucit, console et reconstruit. »

C'était il y a un peu moins d'un an, et ils sont de nouveau là. Rosana et Luiz. Clémence les a reconnus immédiatement. Nul n'aurait pu les oublier. Ils se sont présentés à l'accueil de la maternité. Luiz, sac de voyage à la main, sourire rayonnant aux lèvres et Rosana, claudiquant d'un pas néanmoins décidé, le ventre en avant, resplendissante. Eux aussi, ils ont reconnu Clémence. « Rosana et Luiz Reis. Notre bébé arrive. Je viens de perdre les eaux », a simplement déclaré Rosana. Elle n'a rien dit de plus, mais a saisi la main de Clémence et la lui a serrée chaleureusement, comme si elle retrouvait une vieille amie.

Rosana est allongée sur le lit à présent, son bébé, couvert encore de glaires et de vernix, couché sur sa poitrine, peau contre peau. Image de pure félicité qui restera gravée dans la mémoire de Clémence comme un rempart contre les heures tristes. Rosana regarde l'infirmière et s'exclame : « C'est un miracle ! Il est venu tout seul, sans docteur, sans insémination, sans FIV. Comme ça, naturellement ! » Elle contemple l'enfant un instant, fait voyager sa main à plat sur son dos, comme pour éprouver sa présence, puis se retourne vers Clémence, radieuse. « Cette fois, vous voyez, Il nous a entendus. » Clémence sourit. Elle a compris « en temps doux ». Il n'y a rien à ajouter.

PORTE 7

—

Maïa

« Elles sont très rapprochées, vraiment. Toutes les quatre minutes à peu près. » Maïa a menti à Clémence. Sa dernière contraction a eu lieu il y a huit bonnes minutes. Mais elle a décidé, cette fois, de maîtriser ce qui pouvait l'être. À commencer par le temps. C'est son troisième accouchement. Elle connaît son corps. L'inefficacité des premières contractions, la lenteur de dilatation de son col et puis soudain, sans crier gare, la précipitation, les contractions qui s'emballent, le col qui s'amincit d'un coup et l'enfant qui apparaît, surprenant tout le monde, infirmières, sages-femmes, anesthésistes surtout. Tout le monde, sauf elle. Alors, elle a menti.

Elle est rentrée à la maternité Marthe Condat la veille. Des taches suspectes maculant ses sous-vêtements. Une fissure de la poche des eaux. Et depuis la veille, elle attend que le travail commence. On l'a installée dans une chambre au rez-de-chaussée, près des salles de naissance. En fin de journée, elle est allée marcher dans le jardin de l'hôpital. Elle a sautillé un peu, à cloche-pied, a esquissé des pas de danse, a mimé un jeu de marelle, a couru même, timidement, tiraillée entre le désir d'accélérer les choses, la crainte de nuire à son enfant et les douleurs qui, déjà, se faisaient pénibles. La nuit a été longue. Elle a peu dormi. Mélange d'excitation et de contractions. Elle le veut ce troisième enfant, elle l'a toujours voulu. C'est à son cœur un accomplissement. Celui qui fera d'elle la mère d'une famille nombreuse. Celui qui comblera la fratrie et rendra l'enfance, dans son foyer, majoritaire. Sans doute faudrait-il puiser à la sienne, d'enfance, pour en comprendre la nécessité. La perte d'un petit frère, les laissant elle et sa cadette comme amputées d'un membre. Mais qu'importent les causes. Les faits sont là. Maïa a rêvé ce bébé qu'on lui promet gros et en pleine santé; elle n'a eu de cesse de l'espérer, et voilà que, au dernier moment, il a décidé de traîner en chemin. Un farceur sans doute. Un espiègle qui s'annonce d'une petite fissure, préférant cette lézarde aux franches ruptures, ménageant ses effets. Il aura assurément le goût de la surprise. Il a bien fallu attendre, donc, cette longue nuit. L'occasion pour Maïa de repenser à ses précédents accouchements, se promettant que celui-ci se passerait autrement.

Elle ne se souvenait plus bien comment elle avait atterri dans une clinique privée la première fois. Choix étrange pour cette jeune chercheuse en sociologie, viscéralement attachée au service public, pacsée à un intermittent du spectacle, militant de la cause écologiste. Était-ce parce que sa gynécologue « de ville » exerçait à cet endroit? Ou simplement pour une raison de proximité? Maïa et Ben habitaient alors à Paris, entre Bastille et Voltaire. La clinique Sainte-Claire était à deux arrêts de métro. Une aubaine.

La grossesse s'était bien passée, en dehors de contractions répétées à partir du quatrième mois. Maïa avait un utérus qu'on disait « contractile », le mot l'amusait plutôt. Bien plus en tout cas que les sous-entendus qui l'accompagnaient souvent : trop stressée, trop cérébrale, trop active, trop débordée – bref, Maïa était « trop ». Même son enfant, elle le désirait trop. « Je n'ai jamais vu une femme vouloir autant un enfant », lui avait dit la gynécologue. Phrase surprenante que Maïa ne comprenait toujours pas. Cette femme avait-elle appris à mesurer les désirs d'autrui ? Existait-il une échelle pour évaluer l'envie d'enfant – un Richter, un Beaufort, un Celsius ? À moins qu'elle ne disposât d'un désiromètre. Quoi qu'il en fût, malgré ses contractions et en dépit de ses trop, Maïa avait atteint la fatidique trente-septième semaine d'aménorrhée. Et c'est ce jour-là, jour où son fils sortait de la prématurité, que les contractions avaient élu pour se faire soudain plus insistantes, conduisant Maïa et Ben à la clinique.

Sitôt le monitoring posé, ils avaient senti que quelque chose n'allait pas. On n'entendait rien. Coralie, la sage-femme, déplaçait l'appareil, le rebranchait. Toujours rien. Elle arrachait la sangle, recommençait. Silence. Elle avait beau faire bonne figure, on ne pouvait ignorer qu'elle avait légèrement pâli. Maïa s'inquiétait. « Il fait un gros dodo, dites-moi, votre bébé. Je vais chercher l'interne. » Les deux phrases dissonaient singulièrement, la précipitation de la seconde accusant la mièvrerie de la première. Tout semblait suspect, jusqu'au pas brusqué de Coralie qu'on percevait encore, malgré la porte close, au bout du couloir. L'interne arrivait, palpait le ventre de Maïa, s'énervait, se ruait dans la pièce à côté, hurlait au téléphone, suffisamment fort pour que chacune de ses syllabes traversât le mur, pénétrât la pièce et le cœur de Maïa : « Préparez le bloc, on va être obligé d'aller le chercher », puis revenait en courant vers sa patiente, ralentissait le pas à son approche, lui saisissait la main, inclinant légèrement la tête de côté en signe ostensible de compassion et d'une voix voilée, quasi dramatique, lui délivrait, sans autre explication, sa sentence : « Votre enfant est dans le coma, madame, je suis désolé. »

Maïa était sidérée. Tellement sidérée qu'elle ne questionnait ni les mots ni l'attitude de son interlocuteur. Elle se voyait déjà mère d'un enfant lourdement handicapé ou mort à la naissance, ne sachant d'ailleurs laquelle de ces deux issues lui semblait la pire. Et bientôt l'image de son bébé, inerte au creux d'elle-même, se faisait obsédante, écrasant sa poitrine, lui coupant le souffle. « Respirez calmement, madame. Vous savez, il n'y a que vous qui pouvez le sauver. » La phrase venait vriller le cerveau de Maïa, taraudant de culpabilité la matière perméable de l'angoisse. Combien de temps cela avait-il duré ? Elle n'en savait rien. Près de la table d'examen, on avait installé un brancard. Une infirmière s'apprêtait à lui poser une perfusion. Et soudain, contre toute attente, le chef de service, que Coralie était allée chercher en renfort, arrivait, tâtait le ventre de Maïa, observait le tracé du monitoring et concluait, en tournant les talons : « Oui, bon, et alors ? Il a décéléré, voilà tout. Vous la gardez encore un peu en observation et puis vous la renvoyez chez elle. »

Mais l'interne ne l'entendait pas ainsi. Il n'en avait pas fini, lui. L'occasion était trop belle, il n'allait pas la laisser filer. Tandis que son patron s'éloignait, il s'était approché de Maïa, s'était penché sur elle, tout près de son visage, si près qu'elle sentait son haleine sur sa joue, et lui avait chuchoté à l'oreille, en connivence, comme un secret soustrait à l'hostilité du monde, comme un secret d'enfants : « Ne vous inquiétez pas. Moi, je ne vais pas vous laisser partir comme ça. On va aller vérifier s'il est vraiment réveillé votre bébé. Vous avez envie de le voir, non ? » À présent, il faisait voyager la sonde de l'échographe sur le ventre de Maïa jusqu'à obtenir, en gros plan sur l'écran, tache blanche sur fond noir, l'image du poing fermé du bébé. Il immobilisait alors la sonde, tapotait, de la pulpe des doigts, le ventre de Maïa, appelant d'une voix doucereuse : « Bébé, bébé, réveille-toi. Si tu m'entends, ouvre ta main. » À la cinquième tentative, le bébé levait le pouce puis, lentement, déployait sa main, doigt après doigt. Index, majeur, annulaire, auriculaire. L'interne jubilait. « Voyez ! Il vous fait signe. Vous voilà rassurée. C'est bien, bébé ! » Maïa souriait à l'interne, le remerciait chaleureusement, tandis qu'il lui servait des « Ce n'est rien, il fallait le faire. » Peut-être préparait-il déjà, ce faisant, son ultime tirade, son coup de grâce : « Évidemment, pour les séquelles, il faudra attendre. Il se peut qu'il n'y en ait pas, ou sans gravité. Ça, on ne le saura que plus tard, à mesure qu'il grandira. Rien de concluant avant l'âge de deux-trois ans en tout cas. Pour l'instant, rentrez chez vous tranquillement. Vérifiez juste qu'il bouge bien. On ne voudrait pas qu'il recommence, n'est-ce pas ? »

Il faudrait du temps à Maïa pour comprendre ce qu'il s'était passé ce soir-là, en elle et autour d'elle, et pour le détester. Il faudrait qu'elle rentre à la maison, qu'elle constate, là, qu'elle ne sentait plus bien son bébé bouger tant son ventre était tendu, qu'elle s'avoue alors que l'angoisse était trop grande, qu'elle tergiverse et décide finalement, avec Ben, de revenir à l'hôpital en observation si, à minuit, elle était toujours traversée des mêmes peurs ; puis qu'à minuit précis, justement, elle perde les eaux, la nature résolvant ainsi magnifiquement le problème en réconciliant ses doutes et la nécessité. Il faudrait encore qu'elle vive un accouchement serein, donnant naissance à un beau garçon en pleine santé et parfaitement éveillé. Il faudrait enfin la première consultation post-natale, un mois plus tard, pour que sa gynécologue la rassure pleinement, affirmant la fréquence de ce type de décélération sous les contractions de pré-travail, dénonçant l'invalidité des propos de l'interne et lui avouant, à contre-cœur, que cet homme, venu à la médecine sur le tard après un doctorat en biologie, doté d'une conception totalement chimérique de son métier – fruit d'une hybridation malheureuse entre ses failles personnelles et quelques séries télévisées – avait fait « bien du grabuge » dans le service. Alors, seulement, Maïa pourrait se dire qu'elle avait été victime du fantasme d'un autre, se demandant ce qui, chez elle, avait autorisé ce dernier à la maltraiter ainsi. Il en allait, en avait-elle conclu, d'une association spécifique entre la perversion avérée de l'interne, la fragilité inhérente au statut de primipare et sa sensibilité propre. À l'issue de quoi, elle s'était jurée qu'on ne l'y reprendrait plus. La deuxième fois, elle saurait.

Elle ne se souvenait plus bien pourquoi elle était revenue dans la même clinique, la deuxième fois. Avec le recul, elle ne comprenait pas son choix. Était-ce par oubli ou par négligence ? Avait-elle été réellement convaincue par les arguments de sa gynécologue, au point d'être intimement persuadée que l'épisode douloureux de son premier accouchement tenait à la folie d'un seul et ne questionnait, en aucun cas, les capacités d'une équipe ? Il y avait de cela sans doute, assorti d'une forme de morale personnelle qui consistait à toujours laisser, à chacun, une seconde chance. *Il n'y a que ceux qui ne font rien qui ne font pas de bêtises*, lui répétait souvent sa grand-mère, femme de paysan franc-comtois, cuisinière de métier, à qui le bon sens et la générosité avaient parfaitement tenu lieu, toute sa vie, d'éthique. Maïa s'était donc présentée, un soir de décembre trois ans plus tard, à l'accueil de la maternité Sainte-Claire pour y accoucher de nouveau. Il s'agissait d'une fille, non moins attendue et désirée que son premier enfant, mais d'autant plus rêvée que cette grossesse était survenue après trois fausses couches éprouvantes et la découverte d'une pathologie obligeant Maïa à s'injecter quotidiennement des anticoagulants. Sur son ventre et sur ses cuisses, des petits reliefs arrondis au milieu d'une floraison de taches bleues témoignaient de l'ardeur du combat. Mais Maïa avait réussi. Le travail allait commencer. Tout se présentait bien.

Dès leur arrivée, Maïa et Ben avait été installés en salle de naissance. À la sage-femme qui l'examinait, Maïa avait confié que les contractions semblaient plus intenses que lors de son premier accouchement, irradiant jusqu'au bas de sa colonne vertébrale. Elle souhaitait donc une péridurale aussi rapidement que possible. La sage-femme avait acquiescé. Il s'agissait, avait-elle expliqué, de ce que l'on appelle communément un « accouchement par les reins », particulièrement douloureux car le dos du bébé est orienté contre celui de sa mère, venant comprimer ses nerfs sacro-iliaques. C'était une indication évidente d'anesthésie péridurale. Il fallait juste attendre un peu, le col étant insuffisamment dilaté. Elle reviendrait la voir bientôt.

Les contractions s'étaient intensifiées rapidement. Maïa avait du mal à les supporter. Elle n'était pas de celles cependant qui osent crier leur souffrance. Elle contrôlait son souffle et canalisait son désir de hurler, ne laissant échapper, du fond de sa gorge, qu'un court grincement aigu à chaque expiration. La position allongée sur le dos lui était vite devenue insupportable. Elle marchait à présent, arpentant la salle d'un mur à l'autre à larges enjambées, accélérant le pas à mesure que les contractions se faisaient plus violentes. Trois fois en cinq heures, la sage-femme était venue l'examiner. Trois fois, elle était repartie, promettant que le col serait bientôt suffisamment dilaté pour poser une péridurale. Maïa lui avait dit combien elle avait mal. Elle le lui avait dit, à mots pesés, mais ne lui avait pas montré, de peur de l'importuner par quelque excès ostentatoire. Elle courait, désormais, d'un bout à l'autre de la pièce, s'accroupissait, marchait à quatre pattes, puis se relevait et courait encore. À six heures du matin, la sage-femme était réapparue pour un dernier examen avant de quitter son service. Le col était enfin largement dilaté. Elle allait transmettre l'information à l'équipe de jour et faire appeler immédiatement l'anesthésiste.

Maïa reprenait espoir. Elle avait découvert qu'en appuyant ses avant-bras sur la table d'accouchement, les poings serrés, le buste replié, les pieds fermement ancrés dans le sol, et en décrivant des cercles avec son bassin tandis que Ben lui massait les reins de ses deux larges mains, elle parvenait à atténuer légèrement les douleurs. Et avait tenu bon, ainsi, deux heures supplémentaires. Mais, à présent, elle ne savait plus que faire. Personne n'était entré depuis le départ de l'équipe de nuit, ni infirmière, ni sage-femme, ni anesthésiste. Elle se sentait oubliée, désertée.

Elle se sentait surtout inapte à résister plus longtemps. À huit heures trente, elle envoyait son compagnon chercher de l'aide. Ben n'était pas plus vindicatif que Maïa. Il n'était pas de ceux qui ordonnent ou exigent – et encore moins insultent ou menacent. Il était revenu avec la promesse d'une visite imminente de la sage-femme et s'en était contenté. À tort. Maïa l'avait renvoyé de nouveau à neuf heures et neuf heures trente. Sans réponse. À dix heures. Nouvel échec. Elle avait cessé de demander une anesthésie péridurale. Un antalgique, un gaz hilarant, de l'éther, n'importe quoi ferait l'affaire, n'importe quoi qui pût la soulager un peu. En vain. Ben revenait toujours bredouille. Maïa ne savait plus alors ce qui, des douleurs physiques ou du sentiment d'abandon, était le pire. C'était un cercle vicieux, le second contribuant assurément à accentuer les premières, rendant plus nécessaire encore la présence d'une aide et plus viscéralement insupportable son absence. Personne. Il n'y avait donc personne ? Les contractions étaient si vives et si continues qu'elles lui faisaient tourner la tête. Il lui semblait à chaque instant qu'elle allait perdre connaissance. Rien, ni la sophrologie, ni la méditation, ni l'haptonomie, ni les mouvements sagement appris et répétés tout au long de sa grossesse, n'était efficace. Elle ne les envisageait même plus. Elle n'envisageait plus rien. Elle s'était accroupie sur le sol et mordait de toutes ses forces la table d'accouchement, à la fois pour s'empêcher de hurler et pour se raccrocher à quelque chose – à défaut de quelqu'un.

Depuis plusieurs minutes pourtant, des éclats de voix résonnaient dans le couloir. On s'invectivait, on s'insultait derrière la porte. Il y avait eu un « ça va se savoir », un « je m'en fous, c'est pas de ma faute » et un « merde, t'as qu'à y aller, toi », puis on avait frappé. Une sage-femme était entrée avant même que Maïa n'eût répondu, affichant un sourire figé et une fausse nonchalance que contredisaient son pas pressé et ses gestes tendus. « Alors, il vous fait des misères, ce bébé ? » Ton doucereux et vaguement paternaliste, le regard porté sur un point de fuite par-dessus l'épaule de Maïa. Un ton et un regard de lâche, d'hypocrite, qui avaient eu pour mérite de faire sortir Maïa de sa réserve. « Ce n'est pas mon bébé qui me fait des misères. Cela fait des heures que je souffre seule et que j'attends. Vous m'avez oubliée ? Où est l'anesthésiste ? » La sage-femme s'était décomposée. Elle avait bredouillé. Trop de monde, trop d'accouchements, l'anesthésiste était occupé ailleurs. Il viendrait tout de suite après. De toute manière, avait-elle ajouté en l'examinant rapidement, on n'y était pas encore, le col n'était pas complètement effacé. Maïa, au contraire, pensait que sa fille arrivait. Elle le sentait, et elle avait osé le lui dire. « Oh, vous savez, madame, des fois, on se trompe. Il ne faut pas vous stresser comme ça », avait conclu la sage-femme, se recomposant une superbe avant de quitter la pièce.

Dix minutes plus tard, Maïa s'allongeait de force sur la table d'accouchement, repliait ses jambes contre sa poitrine et attrapait ses genoux. Elle venait de sentir une pression sur son anus, avec une furieuse envie d'expulser la masse incommodante. C'était le moment. Elle demandait à Ben d'aller chercher de l'aide, encore une fois. La dernière. La même sage-femme revenait, l'air furieux et dubitatif. Maïa répétait : « Je vous dis qu'elle arrive, regardez si vous ne me croyez pas. » Un temps d'hésitation, un ultime examen, rapide, une volte-face et une sortie non moins rapide, puis c'était l'emballement. Une infirmière et deux autres sages-femmes entraient, suivies, contre toute attente, d'un anesthésiste. « Eh bien, ma petite dame, on peut dire que vous l'avez réclamée, cette péridurale. Réjouissez-vous, la voilà ! Alors on s'assoit au bord du lit, les jambes dans le vide. » Maïa s'énervait, enfin. « Vous ne voyez pas que c'est trop tard ! Sa tête arrive, je la sens ! » L'anesthésiste insistait, la saisissait par le bras, la forçait à courber le dos. Une des deux sages-femmes, apparemment plus âgée que l'autre, se fâchait, prenant l'anesthésiste aux épaules, le sortant *manu militari* de la pièce et claquant la porte derrière lui. « Quel imbécile... Je vois la tête du bébé. On y va maintenant ! » D'un bras elle évacuait le monitoring, qui avait attendu là, toute la nuit, qu'on vînt le brancher, de l'autre elle glissait un drap en intissé sous les fesses de Maïa. « Pas de temps pour les étriers, on laisse tomber. » Les ordres fusaient. Des flacons vides volaient, des compresses étaient jetées au sol sans ménagement, des instruments échangés à la hâte. « Allez-y madame, poussez, c'est bien ce que vous faites ! » La voix était juvénile, à la fois ferme et douce. C'était celle de l'autre sage-femme, une petite brunette tout juste sortie de l'école, une stagiaire, qui s'était assise sur un tabouret à côté de Maïa et lui caressait le bras sans discontinuer du revers de l'index. Son doigt touchait à peine la peau. Il l'effleurait, la frôlait plutôt. Longtemps, Maïa se souviendrait de ce geste et de l'apaisement qu'il lui avait apporté. Il lui suffirait de fermer les yeux pour en percevoir de nouveau la réconfortante régularité. Elle le reproduirait maintes fois au cours de sa vie, quand viendrait son tour d'accompagner un enfant, un ami, un parent dans la maladie ou l'affliction. Elle le ferait sien.

L'enfant venait. Maïa ne sentait plus la douleur. Elle sentait juste son intimité s'ouvrir, prenant soudain une ampleur insoupçonnée. Là, entre ses cuisses, un nouvel être humain s'apprêtait à se projeter dans le monde. Elle n'en avait pas seulement la conscience, elle en éprouvait concrètement la sensation, comme une dissolution de son être tout entier dans le secret des origines. C'était fascinant. C'était magnifique. De cela aussi, son corps se souviendrait.

Le soir venu, Maïa restait seule avec sa fille dans une chambre au troisième étage de la maternité. Tout était calme. Ben était reparti s'occuper de leur aîné. Le bébé dormait dans une nacelle de plastique transparent placée contre le lit de sa mère. Son sommeil était profond et serein. Allongée sur le côté, la tête posée sur son bras replié telle une aile brisée, Maïa contemplait l'enfant à travers le berceau. La vision était imparfaite. Les parois étaient légèrement usées et marquées çà et là de minuscules rainures qui gênaient le regard. La petite fille apparaissait nimbée de flou. Maïa ressentait une lassitude étrange. Il ne s'agissait pas seulement de l'épuisement de son corps au terme de la lutte. C'était une forme d'évidement de son axe central, comme si l'on en avait aspiré la sève pour ne laisser là, en son cœur, qu'une béance sans nom. De sa fille, elle distinguait bien sûr la finesse des traits, la délicatesse des oreilles parfaitement ourlées, le mince duvet blond qui ouatait le visage, le pli sous la lèvre inférieure chapeautant le menton, la moue délicieuse. Elle en discernait aussi, déjà, de menus détails, où semblait se dessiner, en lignes singulières, l'identité du nourrisson : les trois ridules sous les yeux, le sillon sous le nez, le galbe sombre des narines, l'éminence potelée à la flexion du poignet. Elle appréciait par-dessus tout la quiétude de l'enfant – bras éployés de part et d'autre de la tête, les paumes vers le ciel et le pouce replié sous les doigts entrouverts, comme au creux d'une vague –, et accompagnait du regard l'onde cadencée de sa poitrine qui ponctuait le silence, à chaque expiration, d'un murmure quasi imperceptible. Maïa percevait tout cela sans parvenir à se l'approprier. Elle n'en ressentait aucun écho en elle, aucune résonance. Il lui semblait être désormais condamnée à rester ainsi, immobile, de l'autre côté d'une paroi trouble.

On avait frappé à la porte. Maïa avait sursauté, comme au sortir d'un mauvais rêve. « Excusez-moi, je vous ai fait peur. Je ne vous dérangerai pas longtemps. Vous allez bien ? » Maïa n'avait pas répondu tout de suite. Elle avait pris le temps d'observer la jeune femme qui venait d'entrer, et de la reconnaître. C'était celle qui l'avait accompagnée au moment de la naissance. Celle qui avait effleuré son bras et apaisé son cœur. « Je viens vous voir parce que personne d'autre ne le fera, alors que tout le monde en bas ne parle que de votre accouchement. C'est très dur. Cela arrive parfois. Des mésententes dans l'équipe. Vous n'auriez pas dû avoir à subir ça, c'est inadmissible. Il ne vous reste qu'une chose à faire maintenant : pleurer. » Puis elle s'était assise au bord du lit, près de Maïa, et avait caressé de nouveau, de l'index, le revers de sa main. Et Maïa avait pleuré. Longtemps, silencieusement. Et les caresses l'avaient accompagnée. Longtemps. Jusqu'à la fin, jusqu'aux dernières larmes. Alors seulement la sage-femme s'était tournée vers le berceau, avait pris dans ses bras l'enfant qui venait de s'éveiller, consolant ses cris. « Elle est splendide votre fille. Elle vous ressemble. Vous voulez que je la pose sur vous ? » Maïa avait acquiescé. Elle avait accueilli son bébé à plat ventre sur son buste, la main gauche recouvrant la tête enfouie entre ses seins, la main droite soutenant les fesses, juste sous son nombril. On eût dit que ces deux mains face-à-face dialoguaient au travers du petit être. L'enfant s'était calmée à l'instant même où sa mère l'avait ainsi embrassée. Puis la sage-femme avait étendu une couverture sur leurs corps réconciliés. « Je vous laisse toutes les deux. » Maïa et sa fille s'étaient endormies peu après, l'une contre l'autre, peau contre peau.

Maïa repenserait souvent à ce moment. Elle se demanderait régulièrement ce qu'il serait advenu de sa relation avec sa fille sans la visite de cette jeune femme. Sans ses mots. Sans ses gestes. Elle en avait immédiatement saisi l'importance. Elle savait désormais que, dans le temps de l'accouchement, le cœur d'une femme est aussi vulnérable que son intimité corporelle, exhibé, étalé, toutes défenses abaissées et résistances mobilisées par l'ampleur de la tâche. Elle-même s'était trouvée là, fragile parturiente exposant aux regards le dedans d'elle-même, saisie dans le brouillage des limites entre son intériorité et son extériorité, soumise aux risques d'une béance obscène. De cela, on ne pouvait être témoin sans conscience. Assister celle qui mettait un humain au monde exigeait de la protéger tout entière, de faire rempart à sa chair comme à son âme à vif, de lui recomposer une enceinte pour qu'elle puisse à son tour y enceindre son enfant. Et cette exigence ne s'arrêtait pas à la salle de naissance – cela, Maïa l'avait compris depuis longtemps, depuis son premier bébé. Car à la mère du petit d'homme, nouveau-né le plus démuni du règne animal, on demandait déjà en suites de couches, quelques heures à peine après la délivrance, d'être parfaitement compétente, robuste, disponible. Elle en connaissait tant des amies à qui l'on avait fait payer cher le droit d'être appelée « mère ». Celle à qui l'on avait reproché son absence d'instinct maternel pour n'avoir pas entendu les cris du bébé quand elle était sous la douche ; celle à qui l'on avait refusé de passer un lange quand elle préférait éviter de se lever en raison de vertiges, au titre que désormais *il fallait assumer* ; celle que l'on avait stigmatisée devant tout le service pour son égoïsme patent parce qu'elle préférait ne pas allaiter pour prendre une nuit de repos. Toutes s'étaient vu jeter à la face par une puéricultrice, une infirmière, une gynécologue, une parente indélicates, jalouses ou malveillantes, la même phrase : « C'est que vous êtes mère maintenant », comme si elles étaient soudain entrées en religion dans l'austérité d'un monastère aux règles strictement édictées, comme si devenir mère ne se construisait pas dans le secret d'une relation singulière, libre et mobile. Elle en avait connu tant de ces femmes, et les avait tant vues porter ces mots leur vie durant comme un bât de culpabilité, dont elles se chargeaient d'autant plus aisément que leur propre mère leur en avait transmis la coutume, coutume qu'elles ne manqueraient pas, à leur tour, d'inculquer malgré elles à leurs filles, les rendant prêtes, le jour venu, à courber l'échine pour endosser le fardeau, tandis que leurs fils devraient, eux aussi, supporter le poids affligeant d'une mère sous le joug.

Mais Maïa venait de recevoir d'autres mots et d'autres gestes. Elle mesurait sa chance. Elle, sa fille, son fils aîné et ses enfants futurs seraient riches et forts de ce droit de pleurer et de ces caresses offertes dans le silence d'un soir. Elle pouvait désormais se jurer, une fois encore – la dernière – qu'on ne l'y reprendrait plus. La troisième fois, elle saurait.

Maïa se souvenait parfaitement comment elle avait choisi l'hôpital Marthe Condat pour son troisième accouchement.

Deux ans après la naissance de leur fille, Ben et elle avaient décidé de quitter le centre de Paris pour aller vivre en banlieue nord, de l'autre côté du périphérique. Ils n'en pouvaient plus de leur petit deux-pièces. Au manque d'espace et à l'absence de verdure s'ajoutait la transformation progressive de leur quartier. Ils ne s'y reconnaissaient plus. Ce qu'ils avaient longtemps tenu pour un village populaire, jaloux de sa mixité sociale et culturelle, avait perdu son âme. Ce qu'ils avaient aimé, cette cohabitation heureuse de l'ancien et du moderne, des aisés et des modestes, de l'ici et de l'ailleurs, n'était en fait qu'un moment fugace, un équilibre éphémère dans un processus de transformation générale du lieu et de ses habitants. C'en était fini aujourd'hui. La balance avait penché d'un côté. La gentrification était achevée. Sous le coup de l'augmentation des prix, et malgré les promesses de logement social, nombre de riverains avaient dû partir. Les nouveaux-venus n'avaient pas les mêmes revendications. Maïa et Ben en avaient pris conscience à l'arrivée de deux nouvelles familles dans leur immeuble. En quelques mois, il avait fallu construire un ascenseur, rénover la cage d'escalier, installer un digicode sur le portail. Les charges avaient doublé, conduisant au départ d'autres voisins. Un semblable effet d'entraînement avait frappé les écoles du quartier. Il suffisait que quelques familles aient décidé de fuir un collège pour générer une dynamique d'évitement. En quelques années, le groupe scolaire près de chez eux s'était ainsi vidé de nombreux enfants partis dans l'enseignement privé ou, à la faveur de fausses adresses, dans un autre établissement public. Une scission éducative redoublait la fracture sociale. Ce n'était pas ce que Maïa et Ben souhaitaient pour leurs enfants. Alors, au moment de concevoir un petit troisième, ils avaient quitté Paris.

Maïa était enceinte de deux mois quand ils avaient emménagé dans un joli trois-pièces près des commerces et des écoles, avec un petit balcon pour les plantations et le compost de Ben, ainsi qu'un bac à sable et des jeux pour les enfants au pied de l'immeuble. L'hôpital n'était pas loin non plus, à peine cinq minutes en bus. C'était un grand CHU, doté d'une maternité de niveau trois. Échaudée par ses deux premières expériences en clinique, Maïa se réjouissait de pouvoir bénéficier pour sa troisième grossesse d'un environnement pourvu d'un personnel formé à toutes les éventualités et d'un plateau technique incomparable. Elle allait enfin connaître un accouchement paisible. Un accouchement parfait. L'accouchement idéal.

Maïa a menti. Elle n'est pas sûre que l'infirmière l'ait crue. Il lui semble même avoir perçu une lueur de complicité dans son regard. Cette Clémence a l'air trop malin pour se laisser duper si facilement. Elle n'en a rien montré, mais elle n'est pas allée vérifier le monitoring. Elle s'est contentée de dire « Dans ce cas, je vais vous accompagner en salle de naissance. » Il y a des choses, comme cela, qui se passent de mots.

Maïa a menti, et elle a bien fait. Le temps que Clémence finisse de l'installer sur le lit d'accouchement, puis qu'elle aille chercher la sage-femme, les contractions se sont intensifiées. Elles sont presque continues désormais. L'anesthésiste est là, prête à entrer en action. Tout va bien. Même Ben, qui déteste les univers médicalisés et que la simple évocation d'une prise de sang suffit à faire défaillir, paraît confiant. Il se tient debout près du lit, magnifiquement engoncé dans sa casaque et sa charlotte bleues. On sent qu'il sourit derrière le masque. Maïa se dit qu'elle a réussi, enfin. Cet accouchement en douceur effacera les déconvenues des précédents. Il viendra en recouvrir le souvenir de sa simplicité joyeuse. Maïa pourra, à son tour, comme tant d'autres femmes, comme toutes les autres femmes, lui a-t-il semblé parfois, raconter le bonheur absolu de la naissance. Elle en aura, elle aussi, ressenti les sensations, elle en possédera le vocabulaire.

« Je ne vous injecte que la moitié de la dose pour commencer, vous me direz ensuite s'il est nécessaire d'en rajouter ». Maïa pose sur l'anesthésiste un regard amusé. Elle triomphe. Cette fois, on ne pourra pas lui reprocher d'en vouloir trop. Elle n'aura assurément pas besoin d'un surcroît de médication, elle ne sent déjà plus la virulence des contractions. Elle peut même s'offrir le luxe de décliner la proposition. Le personnel médical quitte la pièce en attendant que le travail d'expulsion commence. Maïa se sent très bien, si bien que c'en est presque enivrant. Ses jambes lui paraissent conjointement pesantes et libres de toute attache. Il lui semble bientôt que son corps tout entier s'enfonce dans une sorte d'ouate dense. Une chaude torpeur l'envahit. Les sons s'éloignent – la rumeur du service, le ronronnement du monitoring, les mots de Ben. La sensation est agréable. Maïa ne peut s'empêcher cependant de frissonner à l'engourdissement de ses perceptions. Elle le vit comme un abandon d'elle-même. Peut-être est-ce là encore le signe de son incapacité à lâcher prise. Son fameux besoin de maîtrise. C'est du moins ce qu'elle se dit, comme on répète machinalement, sans vraiment y croire, les propos d'autrui. Mais la vérité est ailleurs. Son corps a identifié quelque chose de suspect dans cette indolence soudaine. Les faits lui donnent rapidement raison. En quelques minutes, la suavité des premiers moments laisse place au vertige, l'apaisement, à la nausée. Maïa perçoit un goût métallique dans sa bouche. La tête lui tourne et devient intolérablement lourde. On dirait que celle-ci s'apprête à basculer en arrière, entraînant sous son poids le reste du corps et condamnant Maïa à se tenir ainsi à l'envers, à la verticale, tête en bas et pieds en l'air. Une image saugrenue s'impose alors à l'esprit de la jeune femme, la saisissant d'un nouveau frisson : elle entrevoit, comme dans une brume, la poupe du *Titanic* dressée d'un coup vers le ciel étoilé, quelques instants avant de sombrer dans les eaux glacées. Elle appelle Ben. Il lui semble qu'elle crie. Elle chuchote, en fait. « Va chercher de l'aide. Il se passe quelque chose d'anormal. »

Combien sont-ils à entrer précipitamment dans la salle de naissance ? Maïa ne saurait le dire. Sa vision est trouble désormais. Ben aimera raconter, plus tard, qu'il a eu l'impression de voir débarquer le service tout entier. Il ne pourra cependant en dire plus car à peine arrivés, sages-femmes, obstétriciens, anesthésistes et infirmières le prient immédiatement de sortir. Il n'a que le temps de les voir poser un masque à oxygène sur le visage de sa compagne et d'entendre quelqu'un s'exclamer « Elle part, elle part, elle ne revient pas », mots qu'il n'aura de cesse de se répéter pendant le quart d'heure suivant, seul, en salle d'attente, mots dont il n'essaiera pas de comprendre le sens, mais dont le leitmotiv lancinant suffira à signifier la gravité et à l'inscrire si durablement dans sa chair qu'ils reviendront encore, des années durant, frapper régulièrement à la porte de sa mémoire. « Elle part, elle part, elle ne revient pas ». Maïa aussi les a entendus, ces mots, saisis au vol avant de sombrer dans l'obscurité. Elle les a entendus et en a immédiatement tiré une conclusion, résumée en quelques formules aussi hâtives que fatalistes : « Quelle idiote ! Quel besoin j'avais de faire un enfant de plus ? Maintenant, je vais laisser deux orphelins. » Maïa s'en voudra longtemps, au nom de son dernier né, d'avoir osé penser cela. Elle se souviendra néanmoins que, sur le moment, la phrase tenait plutôt de l'élan vital : il y avait de l'ardeur, de l'insolence, presque de l'humour dans cette auto-condamnation, comme un pied de nez adressé à la mort. Il lui semblera trouver un peu de panache dans cette ultime saillie.

Quand elle rouvre les yeux, Maïa croise le regard de Clémence. L'infirmière est penchée sur elle, a posé une main sur le sommet de sa tête tandis que de l'autre elle retire le masque à oxygène. Un instant, Maïa hésite. Est-elle revenue ou est-elle partie ? Elle l'ignore. Elle a l'impression d'errer dans un entre-deux nébuleux. À sa bouche entrouverte, aux plis sévères qui se creusent à son front, à ses yeux perdus dans le lointain, Clémence a perçu la détresse de sa patiente. Elle s'empresse de la rassurer : « Votre bébé va bien, ne vous inquiétez pas. » Cette fois, Clémence s'est trompée. Elle est allée trop vite, trop loin, laissant en arrière Maïa qui reste silencieuse et tendue. Clémence comprend et se reprend en souriant : « Vous aussi, vous allez bien. Vous avez fait un malaise, ça fait extrêmement peur, mais ce sera sans conséquence pour vous et votre bébé. » Puis elle explique l'incident, rare mais toujours possible : l'injection involontaire de l'anesthésique dans un vaisseau sanguin, les constantes vitales qui s'emballent, le risque jugulé par des médicaments et une assistance respiratoire. Elle ne tait ni ne nie la responsabilité de l'équipe, sans pour autant dramatiser. La main des soignants n'est pas infaillible. Il s'agit cependant d'une erreur qu'ils savent réparer sans laisser de séquelles.

Les membres de l'équipe repartent, aussi rapidement qu'ils sont entrés. On dirait une nuée d'étourneaux qui, après avoir fondu sur un arbre, l'abandonnent d'une volée pour transporter ailleurs leur vertigineuse murmuration. Il ne reste, auprès de Maïa, que la sage-femme et Clémence. Tout semble redevenu comme avant. Comme si rien ne s'était passé. Le calme règne, le monitoring a repris son rythme régulier, les encouragements des soignantes accompagnent en cadence, à chaque contraction, la respiration haletante de la jeune femme. Peu de temps après, la porte s'ouvre de nouveau, laissant entrer Ben qu'on est allé chercher et qui reprend sa place auprès de Maïa, debout, à la tête du lit d'accouchement. Le jeune homme paraît encore bien pâle. Les explications qu'on lui a fournies a posteriori n'ont pas effacé les minutes de terreur de la salle d'attente. Il en demeure tout égaré, comme s'il s'éveillait lui aussi d'un état inconscient, comme s'il avait subi, jusque dans son propre corps, la perte de connaissance de sa compagne. Alors Clémence lui parle. Elle l'invite à caresser le front de Maïa, à calquer son souffle sur le sien, à lui chuchoter à l'oreille. Peu à peu, le visage de Ben retrouve ses couleurs. Il est à présent collé contre celui de Maïa. Joue contre joue, le couple ressoudé partage les crispations et les sueurs, les répits et les sourires. Ensemble, ils vont donner naissance à leur bébé.

L'heure qui suit restera inscrite dans la mémoire de Maïa comme l'un des moments les plus délicieux de sa vie. La franchise de Clémence n'y est pas étrangère. Chacun a trouvé en ses mots sa juste place, ménageant en retour à l'enfant un espace privilégié pour entrer dans le monde. Tout est paisible et confiant lorsqu'il paraît enfin. Le teint rose, les joues rebondies, les membres déjà potelés, il est si rassurant. Un sentiment de plénitude envahit Maïa.

Bientôt, ses trois enfants joueront dans le bac à sable au pied de l'immeuble.

PORTE 8

—

Adèle

Elle a bien fait de prendre un livre. Ça l'occupe, en attendant. C'est un hasard en fait. Au moment de partir, elle a failli oublier son portable. Sans doute à cause de sa collègue qui l'abreuvait de conseils. Elle est revenue dans le bureau, a saisi à la hâte le téléphone qui chargeait sur la table et là, à côté, elle a vu le livre. Elle l'a glissé machinalement dans son sac, sans y songer vraiment. Maintenant, il lui tient compagnie, il la rassure. Quoi qu'il arrive, même si cela dure des heures, elle saura quoi faire. Lire lui évitera de trop penser. D'inventer des choses horribles, d'échafauder des scénarios dramatiques. D'ailleurs, quand elle se laisse absorber par sa lecture, il lui semble déjà qu'elle a moins mal. Comme si d'embrasser les mots élargissait le champ de sa conscience pour la remplir d'une matière si dense que la douleur ne peut s'y frayer un chemin.

Cela avait commencé en début de matinée en allant au bureau, juste après avoir posé Lucas à la crèche. Un élancement fulgurant dans le bas-ventre. Comme un coup de poignard. L'impression qu'on lui serrait les hanches dans un étau. Puis la douleur avait irradié les cuisses, le dos et même les côtes. Adèle s'était pliée en deux au beau milieu du trottoir, les bras croisés sur l'estomac, le souffle court. Quand la crampe était passée, elle était restée prostrée un moment, sonnée. Elle avait hésité à rentrer à la maison, puis s'était ravisée. Ce n'était pas la première fois qu'elle souffrait. Douze fois par an, régulièrement, il lui fallait, pendant deux à trois jours, serrer les dents et retenir ses larmes. « Le destin des femmes », aimait-elle à dire. Elle était de celles qui se sont tellement accoutumées à avoir mal qu'elles trouvent cela normal.

La douleur était revenue, pourtant, plus acérée et plus violente. Une douleur différente des autres. Si différente qu'Adèle avait fini par en parler, en fin de matinée, à sa collègue de bureau. Elle ne pouvait plus se cacher de toute manière. Les spasmes lui faisaient ployer le buste et grimacer le visage. La collègue avait fait mine de l'examiner, avait affirmé d'un ton docte qu'il s'agissait sans doute d'une appendicite et l'avait convaincue de se rendre rapidement aux urgences en lui racontant l'histoire d'un petit voisin décédé en quelques heures d'une péritonite. Il n'y avait pas de temps à perdre. Adèle avait appelé aussitôt l'hôpital, avait décrit ses symptômes, mentionné, sans y prendre garde, le risque d'appendicite aiguë et obéi à la voix qui lui avait conseillé de venir au plus vite – il y avait du monde, beaucoup d'attente, ils feraient au mieux. La collègue l'avait déposée en voiture pendant sa pause déjeuner, renonçant, non sans regrets, à l'accompagner dans le bâtiment, en salle d'examen et jusqu'au bloc opératoire. Adèle voulait être seule. Elle n'avait besoin de personne.

Elle a bien fait de prendre un livre, tout de même. Au début, elle a cru que cela irait vite, tellement vite qu'elle a craint de ne pas pouvoir finir le premier chapitre. L'infirmière à l'accueil l'a enregistrée dès son arrivée, lui a demandé son nom, sa carte Vitale, la raison de sa venue. Ensuite elle l'a invitée à s'asseoir sur l'une des chaises de métal alignées dans le couloir. Adèle a sorti le livre et commencé à lire. C'est là qu'elle s'est rendue compte qu'elle avait moins mal en se concentrant sur les mots. Cela n'a guère duré, cependant. À peine dix minutes plus tard, soit à mi-chapitre, une autre infirmière est venue, lui a pris sa température, sa tension, lui a fait avaler un cachet contre la douleur et lui a tendu un petit gobelet vide en lui indiquant les toilettes, puis, quand Adèle lui a rapporté le récipient plein, l'a envoyée se rasseoir sur la chaise de métal. Adèle a rouvert le livre immédiatement. Elle n'était pas mécontente que lui soit octroyé ce délai de lecture supplémentaire. Elle a été happée par le début du récit, une sombre histoire de cadavre plongé dans une baignoire gelée dans un petit village de campagne au nord de la Suède. Elle en a d'emblée apprécié le style incisif et resserré qui s'accordait parfaitement avec l'atmosphère glaciale des premières pages. Tout comme le personnage central, une jeune commissaire au caractère bien trempé et à l'humour sarcastique, à laquelle elle s'est aisément identifiée. Les démarches d'admission aux urgences accomplies, elle a bon espoir de pouvoir avancer un peu dans l'histoire avant qu'on ne la conduise au bloc – car, elle en est désormais quasiment convaincue, c'est une appendicite. Elle attend tout de même confirmation du diagnostic pour appeler Selim. Il faudra qu'il aille chercher Lucas à la crèche. En attendant, elle lit.

Elle a bien fait de prendre un livre, donc, même si cela ne sert plus à rien. Deux heures de gagnées, malgré tout. Mais à présent le livre est fini, l'énigme résolue, le coupable démasqué ; la commissaire et ses sarcasmes évanouis dans le brouillard des plaines scandinaves. Et Adèle est restée, seule, sur sa chaise de métal. Seule à souffrir de plus en plus, sans que rien ne se passe. Une heure encore, puis une autre. Elle ne supporte plus cette chaise. Elle en sent la matière dure et froide pénétrer son corps à mesure que les douleurs l'y recroquevillent. Elle s'est levée plusieurs fois, a arpenté le couloir, tentant de se distraire en observant les autres gens, ceux qui attendent comme elle et ceux qui ont la chance d'être appelés. Elle s'imagine les vies des premiers, leur invente des histoires, tente de diagnostiquer leurs pathologies à quelques symptômes plus ou moins patents – les traumatismes, facilement identifiables, et les douleurs plus secrètes, qui leur font grimacer la bouche, plisser les yeux, pousser des plaintes insupportables –, tout en se persuadant que les seconds ont sûrement de bonnes raisons d'être examinés à sa place, de passer avant elle. C'est donc cela, les « patients des urgences ». L'expression la fait sourire. Voilà un oxymore, songe-t-elle, qui dit bien l'absurdité de la situation. « Un occis-mort plutôt ! », lui rétorque son esprit joueur. Et elle a envie de sourire, encore. Elle se contient pourtant de peur qu'un soignant ne la voie et en conclue qu'elle va mieux, prolongeant d'autant son attente.

Bientôt, d'ailleurs, elle n'a plus du tout envie de sourire. Les spasmes s'intensifient. Il lui semble aussi qu'ils se rapprochent, lui lacérant les entrailles et le bas du dos à intervalles réguliers. Décidément, elle exècre cette chaise. Son contact glaçant. Elle craint de ne plus jamais pouvoir s'extraire de cette gangue raide, comme si le métal s'était fondu autour de son corps et y avait imprimé sa forme. Elle repense au cadavre coincé dans sa baignoire gelée. Elle repense surtout au petit voisin de sa collègue. À trois reprises, elle s'est présentée au comptoir d'accueil, réexpliquant, à voix basse, sa situation, ses douleurs, ses craintes, tentant, avec embarras, d'attirer l'empathie, doutant elle-même de sa légitimité au regard des autres patients, peut-être plus malades, plus menacés qu'elle. À trois reprises, on l'a renvoyée s'asseoir, en lui signifiant, d'un ton tour à tour compatissant, ferme, puis excédé, que l'on fait, madame, de son mieux en soignant d'abord ceux qui en ont le plus besoin. Adèle a donc repris place sur la chaise de métal, subordonnant sa souffrance à sa honte.

Il est environ quinze heures trente quand une interne vient la chercher. « Suspicion d'appendicite ? On va voir ça. » Elle l'installe sur la table d'examen, lui fait relever son tee-shirt, baisser son pantalon, lui palpe le ventre, le recouvre d'un gel froid avant d'y poser la sonde de l'échographe. L'interne est concentrée sur ses gestes. Elle pose à Adèle une dizaine de questions sans jamais croiser son regard. Puis elle s'attarde sur l'écran, déplaçant la sonde sur le ventre d'Adèle, autour du nombril, sur ses flancs, en haut de ses côtes et jusque dans son dos. Et le silence tombe. Il s'abat sur Adèle comme une chape d'ombre qui lui donne le frisson. L'interne, alors, enfin, la regarde. Elle semble chercher ses mots : « Vous êtes en couple, madame ? » « Oui. » « Il faudrait l'appeler. » « Qui ? Mon mari ? » « Oui, votre mari. Il faut appeler votre mari. » Adèle n'a pas compris. Ces mots ne font pas sens. Elle n'y voit que l'annonce d'un drame imminent qui fait croître en elle un sentiment de terreur. « Pourquoi ? » réussit-elle à articuler, la mâchoire engourdie. « Parce que, madame, vous êtes enceinte et que, d'après ce que je vois, vous n'êtes pas loin du terme, peut-être même en train d'accoucher. On va vous transférer immédiatement en salle de naissance. » La chape se soulève d'un coup, comme pulvérisée, et Adèle accompagne sa libération d'un vibrant éclat de rire, muant sa peur en mépris : « Mais enfin, vous dites n'importe quoi. Vous avez vu mon ventre ? Où voulez-vous que je mette un bébé là-dedans ? Franchement, vous n'y êtes pas, jeune fille. Je sais ce que c'est qu'une grossesse. J'ai déjà un bébé, il vient d'avoir onze mois. Et je peux vous affirmer que je ne suis pas enceinte. » L'interne semble désemparée. Elle sait parfaitement, au contraire, ce qu'elle voit à l'écran. Ce qu'elle ne sait pas en revanche, c'est ce qu'il faut dire. On lui a appris à mener l'examen, à analyser les images, à reconnaître les signes, à poser le diagnostic. On lui a appris les gestes. Mais, les mots, eux, personne ne les lui a enseignés. « Vous avez donc déjà porté un enfant ? Alors, regardez. » Et elle tourne l'écran de l'échographe vers Adèle.

Adèle ne saura jamais expliquer à quiconque la confusion qu'elle a alors éprouvée. Ni aux infirmières, ni aux sages-femmes, ni aux différents psychiatres et psychologues qu'on lui fera rencontrer ; ni à ses parents, ni à ses amis, ni à Selim, ni même, beaucoup plus tard, à Lucas et à ce bébé devenus adultes. Elle ne saura pas même se la formuler à elle-même. C'est un cataclysme mental, une béance dans sa matière psychique, laissant son cerveau errer dans un brouillard glaçant, un brouillard lumineux et aveuglant comme on en voit sur les étendues boréales, un brouillard blanc comme les milliers de points affichés sur le fond noir de l'écran. Là, logé le long de sa colonne vertébrale, tête en bas, il y a bien un bébé, avec des bras, des jambes, des mains, des pieds, des oreilles, des yeux, un nez, une bouche entrouverte. Un vrai bébé, avec un cœur qui bat la chamade. Il est là, devant ses yeux, sur l'écran. Se peut-il vraiment qu'il soit aussi en elle ? Comment n'a-t-elle rien vu, rien ressenti ? Pas de fatigue, pas de nausées, pas d'aménorrhée, pas de ventre qui s'arrondit, pas de gargouillis et de coups de pieds. Rien qu'une absence sans nom. Invisible et silencieuse. Jusqu'au bruit blanc de l'écran. Il faut absolument, en effet, qu'elle appelle Selim. Il faut qu'il arrive, vite.

Il en a mis du temps à venir, Selim. Une heure quinze, une heure trente peut-être. C'est qu'il lui a fallu, expliquera-t-il plus tard, quitter son travail, passer à la crèche chercher Lucas, le ramener à la maison et trouver une voisine qui veuille bien l'y garder tandis qu'il se rendait à la maternité. Il lui a fallu aussi, mais cela il ne le dira pas, lutter d'abord contre le vertige qui menaçait d'engloutir sa raison, lutter contre le sentiment d'irréalité, auquel seule la possibilité, inconcevable, insupportable, d'une trahison d'Adèle pouvait donner sens, lutter pour ne plus y songer, lutter encore pour inventer des justifications et les débiter, comme un automate, à son chef de service, à la directrice de la crèche, à la voisine, à tous ceux qu'il croisait en chemin, lutter enfin, tout simplement, pour être en mesure de mettre un pied devant l'autre. Comment avancer, en effet, quand plus rien n'est solide sous vos pas ? Son existence entière était frappée d'absurdité.

Il en a mis du temps, Selim, tellement de temps que le bébé est né, sans lui. Un accouchement rapide, sans souci ni complication, sans heurt ni peine, moins d'une heure après l'arrivée d'Adèle en salle de naissance. « Un bel accouchement pour un beau bébé », a conclu la sage-femme.

Clémence a pris son service à dix-neuf heures ce soir-là. Elle est de garde à l'étage, en suites de couches, jusqu'à sept heures du matin le lendemain. Elle ne craint pas de travailler la nuit. Elle y trouverait moins d'attrait si cela était régulier, elle se lasserait, s'épuiserait peut-être. Mais dans son cas, c'est ponctuel. La maternité Marthe Condat est l'une des rares à ne pas exiger de ses infirmières d'alterner jours et nuits soit en changeant de régime tous les trois mois, soit en effectuant un nombre imposé de nuits par année. À Marthe Condat, on a le choix. On est de jour, ou l'on est de nuit, voilà tout. Et Clémence a toujours préféré la première solution, pas tant parce qu'elle redoute la nature différente du travail nocturne ou le risque de fatigue physique – bien qu'elle en connaisse les effets néfastes à long terme, elle sait aussi la capacité de son corps à s'y adapter – que pour calquer son rythme sur celui de Samuel. C'est important le rythme dans une relation. Tant des choses dépendent de l'emploi du temps de chacun. Sans aller jusqu'à marcher parfaitement en cadence, leur couple, comme beaucoup d'autres, a besoin pour s'accorder de partager un tempo commun. Cela s'avère particulièrement difficile quand on ne dîne ni ne dort ensemble plus de la moitié de la semaine. Alors Clémence a choisi les jours. Ils ne sont certes ni réguliers ni définis à l'avance : elle travaille, selon les semaines, quatre, cinq ou six jours de suite, cumule les week-ends ou les jours fériés, ignore, parfois jusqu'au dernier moment, de quoi ses vacances et même ses lendemains seront faits. Mais elle sait, du moins, qu'elle retrouvera son homme tous les soirs. Sur son téléphone portable, Clémence reçoit malgré tout régulièrement des propositions d'heures supplémentaires pour venir en renfort des équipes de nuit, en raison d'une surcharge de travail ou de l'absence inopinée d'une infirmière. Il lui arrive couramment d'accepter, à condition que cela tombe au milieu d'un repos de trois jours consécutifs : un jour pour récupérer des jours précédents, une nuit de travail, un autre jour pour récupérer de la nuit avant d'enchaîner sur les jours suivants. Clémence accepte, par intérêt pour son métier, mais aussi, beaucoup, pour l'argent. Trois cents euros la nuit, soit un sixième de son salaire mensuel, cela ne se refuse pas. Et c'est ainsi, pour rembourser le crédit à la consommation qui lui a permis d'acheter sa voiture, et parce qu'ils rêvent avec Samuel de louer une petite maison à la mer entre amis l'été suivant, en Corse, en Sardaigne ou dans les Cyclades, sur une île en tout cas, que Clémence a pris sa garde ce soir-là.

En préparant son chariot, elle se dit qu'elle a eu raison. Pour la voiture et la petite maison dans les îles, certes, mais aussi parce qu'elle aime fondamentalement l'atmosphère de la nuit. C'est un tout autre hôpital alors. Sans effervescence, sans rumeur. Personne dans les couloirs, des lumières tamisées, des sons étouffés. On n'entend plus que l'essentiel, qui vous tient en alerte – les appels des mères et les cris des bébés. La différence est plus sensible encore en suites de couches. Tout paraît endormi. On ne croise plus de visiteurs, de familles affairées, de frères et sœurs tonitruants. Plus même de médecins ni de sages-femmes, qui se reposent en chambre de garde ou travaillent dans leur bureau en attendant que l'on ait besoin d'eux. On se retrouve seule avec sur les épaules une responsabilité immense, une responsabilité invisible qui dépasse, de loin, les gestes infirmiers – toute la responsabilité du monde, en réalité. Car la tranquillité apparente des nuits recèle un univers secret d'obscurités intimes, d'incertitudes et d'angoisses qui affleurent à la faveur des ténèbres. On dirait que, le soir tombé, nourrissons et parturientes expriment dans leurs pleurs partagés la mémoire confuse d'une vie antérieure. Personne ne sait d'où cela surgit, mais on en perçoit, dans chaque chambre, l'ombre portée. Il est bon alors de n'être pas, comme en plein jour, constamment sollicitée, il est bon de pouvoir prendre le temps de s'attarder un peu, pour écouter, consoler, cajoler. Il est bon de donner de son temps.

Clémence goûte ces heures singulières, même si elle doute de parvenir à en faire jamais valoir l'intérêt professionnel à ses collègues de l'équipe de jour. C'est que, à l'hôpital comme partout ailleurs, les individus aiment à s'unir contre quelque chose. Ils érigent des catégorisations outrancières qui, par leur inadéquation au réel, accentuent en retour le repli communautaire. Les conflits croissent et se nourrissent ainsi de leur propre matière. C'est le cas aussi en maternité. « Le jour en veut à la nuit et la nuit, au jour », résume Clémence, les premiers estimant que les seconds ne travaillent pas assez, quand les seconds se sentent incompris et déconsidérés par les premiers. Le clivage tourne parfois au conflit ouvert, pour un matériel défectueux, pour une livraison de pharmacie entassée au milieu du couloir, pour une transmission incomplète. Clémence se retrouve alors en mauvaise posture, traître aux uns comme aux autres de ne pas prendre parti, de refuser de choisir un camp, de trouver, toujours, des excuses à chacun et des raisons à tous.

Qu'importe, après tout, ce que ses collègues en penseront. Cette nuit, Clémence s'apprête à se fondre dans la lenteur avec d'autant plus de satisfaction que, peu aguerrie aux suites de couches, elle a beaucoup à apprendre. Elle ne le sait pas encore, mais cette nuit, c'est d'une patiente qu'elle va recevoir son enseignement.

La chambre est au bout du couloir. Cela arrange Clémence qui trouve ainsi une bonne raison de la programmer en dernier dans l'ordre de ses visites. Elle sait bien depuis les transmissions que, là, au bout du couloir, elle va se retrouver confrontée à une situation inédite pour elle, une situation que, pour des motifs qu'elle ne saisit pas complètement, elle redoute. Que dit-on à une mère qui non seulement n'a pas désiré son enfant, mais en ignorait encore, quelques heures plus tôt, l'existence ? Comment l'aide-t-on à tisser un lien que son inconscient a tellement refusé qu'il a subordonné le corps tout entier à sa négation ? La question ne cesse de lui trotter dans la tête. Elle l'accompagne, lancinante, dans sa tournée du soir au travers des dix-neuf autres chambres. Elle ne la lâche pas quand elle prend les températures, vérifie les tensions, s'enquiert des saignements, des pipis, des tétées. Elle se fait, à dire vrai, plus obsédante à mesure que les visites avancent, la talonne à partir de la quinzième chambre, semble la presser à la dix-huitième et finit par la harceler à la dix-neuvième. Au temps pour la lenteur et la disponibilité. Lasse de cette voix intérieure qui sature son esprit d'une rumeur incessante, Clémence se trouve enfin, aux alentours de vingt-deux heures, face à la dernière porte du couloir. Face à la vingtième chambre. Elle n'entre pas tout de suite. Elle a besoin de laisser libre cours à ses pensées, pour pouvoir les appréhender, les trier et les recomposer en un propos audible pour sa patiente. Un propos à la fois empathique et structurant, un propos enveloppant. Clémence reste donc debout, derrière la porte, accoudée à son chariot et réfléchit.

Elle établit en premier lieu le bilan de ce qu'elle sait. De l'autre côté de la porte, Adèle, trente-cinq ans, est seule avec son bébé. Son mari a dû repartir s'occuper de leur premier enfant – un bébé lui aussi, âgé de onze mois. Le couple en a décidé ainsi parce qu'ils ne voulaient pas imposer à leur aîné, en le faisant garder cette nuit-là, un premier bouleversement quand il y en avait tant d'autres à venir. Clémence sait aussi qu'Adèle est arrivée un peu avant seize heures en salle de naissance, l'œil perdu dans le vague, les bras ballants, évitant de regarder comme de toucher son ventre, un ventre plein, un vrai ventre de femme enceinte apparu en l'espace d'une demi-heure. Elle sait enfin qu'Adèle n'a rien dit alors, rien exprimé, même s'il était trop tard pour la péridurale, même si les contractions de l'expulsion lui déchiraient les entrailles, et qu'ainsi, sans un cri, sans un mot, elle a accouché à seize heures quarante-neuf d'un petit garçon auquel elle n'a pas donné de prénom. Après deux heures de surveillance en salle de naissance, Adèle a été transférée à l'étage avec son bébé dans la dernière chambre des suites de couche, au bout du couloir, là de l'autre côté de la porte. Depuis, elle n'a parlé à personne.

Clémence pense à l'état d'hébétude dans lequel doit se trouver sa patiente. Elle se dit que son déni de grossesse avait sûrement une raison d'être. C'était sans doute un mécanisme de défense, le rempart de son identité contre une vérité impossible à élaborer, une vérité dépourvue de sens à ses yeux. En moins d'une heure, sous les coups répétés du réel, cette vérité a fait violemment effraction, le rempart a volé en éclats. Adèle a été forcée d'entendre ce qu'elle ne voulait pas entendre, de voir ce qu'elle ne voulait pas voir, de ressentir ce qu'elle ne voulait pas ressentir. Que peut-il rester de son intégrité psychique après un tel traumatisme ? Et quand bien même il en resterait quelque chose, se dit Clémence, ce ne peut être qu'un ensemble confus, hétéroclite, un fatras d'idées et d'émotions contradictoires. Elle va se sentir coupable, c'est certain, à l'égard de son mari, de son fils aîné, de ce bébé, d'elle-même. Coupable aux yeux de ses amis, de ses parents, des soignants, de la société. Coupable de n'avoir rien deviné, rien éprouvé, rien exprimé. Elle aura peur ensuite, assurément, de passer pour une cachotière, une menteuse, une folle peut-être. Elle se sentira, dans le même temps, trahie par son corps, par son cerveau, par ceux-là mêmes qui l'entourent et ne lui ont rien dit. Elle pensera enfin aux conséquences de son aveuglement, se refera le film des derniers mois, se remémorera les soirées trop arrosées, les heures à la salle de sport, les petits joints sur la terrasse et craindra pour la santé de son enfant. Du moins alors – et Clémence s'en veut immédiatement d'avoir cette pensée, comme une première concession, imperceptible, à l'injonction d'en faire malgré tout une « bonne mère » –, aura-t-elle conscience qu'il s'agit bien de son enfant.

Clémence est toujours derrière la porte. Sa dernière pensée l'a retenue. Elle ne se sent pas prête. Elle ne peut se permettre de faillir face à cette femme. Alors, consciencieusement, méthodiquement, Clémence pare à toute éventualité, forgeant, polissant ses réponses à chacune des interrogations, des peurs, des regrets, des reproches que pourrait formuler Adèle. Se préparant même à affronter son mutisme. Elle lui dira que son corps et son esprit ont bien voulu, quelque part, de ce bébé puisqu'il a pu grandir en elle, que son utérus a accepté de l'accueillir, qu'il s'est même allongé pour lui ménager une cachette adaptée. Elle lui dira qu'elle n'est pas la première, que cela arrive plus souvent qu'on ne le pense, plus de mille fois par an, à toutes sortes de femmes, des jeunes et des moins jeunes, des adolescentes primipares et des mères de famille, des mariées et des célibataires, toutes saines d'esprit et de corps, et qu'à chaque fois, personne n'a rien vu, ni les mères, ni les pères, ni l'entourage. Elle lui dira qu'elle a bien protégé malgré tout cet enfant puisqu'il est là, magnifique et en pleine santé, et que plus rien ne peut désormais l'empêcher de grandir. Elle lui dira enfin que c'est normal de douter, d'hésiter, de se sentir dépossédée, égarée, éloignée, étrangère à ce bébé comme à elle-même et que le temps fera les choses, que les mois à venir rattraperont ceux qu'elle pense avoir perdus. Et en disant cela, elle aura soin, avec douceur, de l'amener à son enfant.

Clémence est presque rassurée à présent. Elle s'est bien préparée. Elle peut frapper à la porte.

À l'instant où elle pénètre dans la chambre, Clémence comprend qu'elle s'est trompée. Adèle est à demi redressée sur le lit, le dos appuyé contre les coussins. Elle tient son bébé dans ses bras. Il est endormi, la tête lovée dans le creux du coude de sa mère, un téton dans sa bouche entrouverte. Une goutte de lait perle à la commissure de ses lèvres. Adèle sourit à Clémence et, avant même que cette dernière ait eu le temps de se présenter, lui confie, à voix basse mais d'un ton enjoué : « Il dort depuis une heure, il a bien mangé », comme si cela condensait, à soi seul, toute la félicité du monde.

Clémence ne sait que dire. Elle se sent embarrassée, empêtrée dans ses tirades préparées à l'avance qui lui paraissent à présent alambiquées, ridicules – tellement inadaptées au naturel déconcertant de la situation. Clémence en est si gênée qu'elle ne parvient pas à articuler le moindre mot, pas même un « C'est bien » de circonstance. Elle ne peut qu'observer la scène. Son regard tombe d'abord sur le bracelet de plastique que porte le bébé à son poignet droit. Un bracelet bleu, sur lequel est écrit simplement le mot « garçon » suivi du nom de famille de ses parents. « Garçon Nadir. » Clémence laisse s'entrechoquer dans son esprit l'association de ces deux termes avant d'y rattacher le fil de ses pensées, tentant d'accorder ce qu'elle voit à ce qu'elle avait imaginé. « Ils ne lui ont pas donné de prénom, c'est mauvais signe », se dit-elle. Comme si elle avait suivi le regard de l'infirmière et deviné ses doutes, Adèle fait tourner délicatement, du pouce et de l'index, le petit bracelet autour du poignet de l'enfant. On dirait qu'elle enroule une bobine. Puis, du même ton enjoué que précédemment, s'exclame : « On hésite encore. On a de la chance, comme c'est le week-end, on a gagné deux jours ! L'officier d'état civil ne revient que lundi. Ce sera Yanis ou Ilyes. Selim préfère Yanis. Moi franchement, j'aime mieux Ilyes. C'est joyeux, Ilyes, ça lui va bien je trouve. Vous en pensez quoi ? » Clémence n'en pense pas grand-chose. Elle marmonne un « oui, Ilyes, c'est joli », sans conviction. Elle a la tête ailleurs.

Elle se demande si cette mère ne manifeste pas une nouvelle forme de refus du réel, si elle n'est pas en train de dénier le déni lui-même. Elle a peur pour elle. Peur que cela ne lui retombe dessus un jour, dans un mois, dans un an, dans cinq ans peut-être, menaçant son équilibre, celui de son fils et de toute sa famille. Elle voudrait tant l'aider. Son inquiétude grandit encore quand Adèle éclate de rire. « Vous avez vu les habits qu'ils m'ont donnés ? Et ce gilet ? c'est drôle ! » Clémence n'avait pas remarqué. L'enfant porte, sur un pyjama vert, un gilet rose où l'on a brodé, en lettres jaunes, « mon bébé d'amour ». Des habits prêtés par l'hôpital. Le plus souvent ils proviennent, pour les bodys et les grenouillères, d'oublis ou de dons de seconde main, quand les bonnets et les vestes, eux, sont tricotés pour la maternité par une association de retraitées. « En effet, le rose, pour un garçon… », hasarde Clémence, esquissant péniblement un sourire. « Oui, c'est vrai, il y a les couleurs, déjà » rétorque Adèle, baissant son visage vers son enfant pour lui adresser, complice : « On devrait peut-être t'appeler Arlequin, finalement. » Elle redresse rapidement la tête cependant, regarde Clémence droit dans les yeux, et, avec une sorte de candeur crue, ajoute : « Mais en fait, je pensais plutôt aux broderies. On dirait qu'ils ont écrit ça exprès pour moi. Ils ont dû avoir peur que j'oublie encore une fois. "Mon bébé d'amour", cela fait quand même un peu méthode Coué, non ? » Clémence se sent terriblement démunie. L'humour d'Adèle la heurte. Elle trouve brutale, pour ne pas dire obscène, cette forme de reconnaissance naïve des faits. Elle ne peut concevoir que tout puisse ainsi se résoudre en simple plaisanterie, résorbé dans le mauvais goût de broderies jaunes sur un tricot rose. Adèle a-t-elle senti le malaise de l'infirmière ou se contente-t-elle de poursuivre, à haute voix, le cours de ses réflexions ? Elle reprend en tout cas la parole, se lançant cette fois dans un long monologue, plus sérieux, plus réfléchi, sans jamais néanmoins se départir de sa joyeuse franchise : « Vous savez, Clémence – vous permettez que je vous appelle Clémence ? – les bébés que l'on a, ce ne sont jamais ceux que l'on attendait. Lucas, il ne ressemble pas au bébé que j'avais imaginé. Et c'est tellement mieux comme ça. Alors, oui, ce petit garçon-là, je ne l'aurai pas rêvé du tout. Ou peut-être ma manière à moi de le rêver aura été de ne m'en faire aucune image. Et alors ? Maintenant il est là, dans mes bras, et c'est la seule chose qui compte. On pourra toujours, plus tard, s'attacher à comprendre pourquoi, si on en a le temps et l'envie. Il y a sûrement une raison cachée, un truc quelque part. Il y a toujours une raison cachée. Mais quoi qu'il arrive, ce ne sont pas seulement les neuf mois de grossesse qui font de nous des mères. Cela s'est construit bien avant, depuis notre naissance même et tout au long de notre vie de petite fille et de femme. Et cela continue bien après, jusqu'au bout, jusqu'à notre mort et au-delà encore peut-être, dans tout ce qu'on laisse. Alors neuf mois de perdus, si tant est qu'ils aient été perdus, ça ne m'inquiète pas. »

Clémence est surprise. Elle ne s'attendait pas à un discours si construit. Adèle lui apparaît soudain sous un nouveau jour, s'extrayant, comme elle quitterait un costume trop étriqué, de la gangue confuse où l'avaient cantonnée tout à la fois ses appréhensions et ses a priori. Clémence s'en veut. Elle n'aime pas s'être fourvoyée d'aussi bon cœur. Elle hoche la tête en signe d'acquiescement, mêlé d'un soupçon d'humilité et de remords. Ses scrupules restent cependant sans effet. Adèle ne semble pas même y prêter attention. Elle continue, imperturbable : « Il y a des femmes qui font des bébés uniquement pour la grossesse et se désintéressent ensuite de leur enfant. Eh bien, moi, on va dire que c'est le contraire. C'est la grossesse, et l'enfant idéal qui va avec, que j'ai ignorés. Et vous savez quoi ? À tout prendre, ça me paraît beaucoup moins grave. Je n'aurai porté, sans le savoir, que cet enfant-là, tel qu'en lui-même, et nous avons désormais toute une vie pour faire connaissance. »

Clémence n'a rien à ajouter. Elle pose sa main sur le bras d'Adèle, tout près du bébé, si près qu'elle sent sur son index son souffle chaud et régulier. Un souffle apaisant. Tout, à l'exception d'elle-même, lui semble à sa place à cette heure, dans cette chambre. « Je vous laisse tous les deux », chuchote-t-elle. Puis en fermant la porte, elle ajoute : « N'hésitez pas à appeler si vous avez besoin de quelque chose, je suis au bout du couloir. » Elle a prononcé ces derniers mots par habitude. Elle sait bien qu'Adèle n'appellera pas. Qu'elle n'aura besoin de rien, ni de personne. Pas même d'elle. Pour un peu, cela la vexerait. Pour un peu, si elle n'était déjà consciente d'avoir tant appris ce soir-là.

PORTE 9

—

Lou

Elles avaient tout prévu. Que voulez-vous, quand on ne rentre pas dans les cases, il faut bien s'organiser. Qui, d'ailleurs, oserait prétendre que faire un enfant ne prend que neuf mois ? Pour la plupart des gens, c'est bien plus long. Et pour certains, comme elles, cela se compte en années. Mieux vaut alors ne pas laisser trop de chances au hasard, surtout si l'on y songe un peu tard. C'est du moins ce que disait Lola et ce que pensait Lou.

L'envie d'être mères ne leur était pas venue tout de suite. Elles avaient aimé prolonger jusqu'au début de la trentaine leur vie de jeune couple, craignant, par l'ajout d'un tiers, de briser l'élan de leur relation. La fin d'un célibat dont elles s'étaient montrées, chacune à sa manière, terriblement éprises ne devait aucunement empiéter sur ce qu'elles érigeaient toutes deux en valeur absolue : leur liberté. Liberté de s'accomplir professionnellement, socialement, intellectuellement, émotionnellement, sexuellement. Liberté d'être elles-mêmes. D'aussi loin qu'elle s'en souvînt – de son enfance dans une petite ville de la région lyonnaise, fille unique d'un père manutentionnaire que l'abus d'alcool rendait occasionnellement violent et d'une mère sans emploi que la violence de son époux rendait occasionnellement suicidaire –, Lou avait toujours voulu devenir magistrate, et plus précisément juge pour enfants. Elle s'y était préparée, lui semblait-il a posteriori, dès la primaire, cherchant dans l'excellence scolaire refuge et espoir. Jeune adulte, elle n'avait pas aimé cependant ses études en faculté de droit à Lyon, non pas tant à cause de l'environnement social, quoiqu'elle s'y sentît passablement étrangère, qu'en raison du contenu des cours, trop austères et théoriques à son goût. Au prix de grands efforts et d'une accumulation de petits boulots pour compléter sa bourse d'études, elle avait tout de même obtenu brillamment une maîtrise de droit, intégrant la première promotion d'une classe préparatoire gratuite au concours national de la magistrature, classe dite « égalité des chances » destinée aux élèves des milieux défavorisés. Et elle l'avait réussi, son concours, du premier coup. Lou aimait à dire que sa vie avait véritablement commencé là, à l'ENM, à Bordeaux. Là, elle avait enfin pu mêler les études à l'expérience du terrain, confrontant, au gré de stages, ses connaissances aux réalités économiques, sociales et humaines. La vraie vie. Pendant trente et un mois, elle y avait appris dans sa diversité le métier de magistrat, déterminée à se spécialiser dans la protection des mineurs. C'est là aussi, lors d'une soirée étudiante dans une échoppe du centre-ville transformée en club électro, qu'elle avait rencontré Lola. Une grande fille brune dont les yeux noirs, la peau de pêche et le corps ferme l'avaient aussitôt attirée, à moins que ce ne fût son style, si voyant avec ses tatouages, ses cheveux teints de couleurs vives et son piercing au sourcil, si différent de celui de Lou, mais tellement assumé, tellement habité qu'il en était rassurant. Ce que Lou avait pris pour l'histoire d'un soir, une folie passagère, s'était mué, contre toute attente, en une relation solide. Une relation à distance certes – Lola était parisienne, elle était en visite chez des amis bordelais ce week-end-là –, mais que le désir constant de se retrouver avait maintenue intense. Lou et Lola se voyaient deux fois par mois, tantôt chez l'une tantôt chez l'autre. Lola vivait encore chez ses parents, des artistes, la mère peintre à la tête d'un petit atelier dans le Marais, le père, graphiste. Ils avaient accueilli Lou, comme tous les choix de Lola, avec curiosité et bienveillance. Ils s'étaient contentés d'avoir confiance en leur fille et dans la vie. Confiance en Lou aussi qui avait trouvé en eux une famille d'adoption. Elle n'avait, de toute manière, plus d'attaches : sa mère était décédée l'année de ses vingt ans et son père avait, comme elle le disait sobrement, mal tourné. Il n'y avait rien à ajouter.

Dès l'année suivante, les deux jeunes femmes avaient décidé de se pacser et de s'installer ensemble à Paris. C'était une évidence pour Lola qui était née dans la capitale et y avait toujours vécu. Elle trouvait par ailleurs des justifications professionnelles à ce choix. Entrée à la FEMIS après un BTS en audiovisuel, elle ambitionnait de devenir cheffe-opératrice. Se destinant à une vie d'intermittente, elle estimait essentiel le réseau de contacts parisiens constitué durant ses études. L'idée de vivre à Paris ne déplaisait pas à Lou. Elle avait le sentiment qu'elle s'y sentirait d'autant plus libre que la ville était grande, lui garantissant une forme d'anonymat. Cela avait même constitué pour elle une motivation supplémentaire : il fallait sortir dans les meilleures classées de l'ENM pour obtenir un poste en région parisienne. Elle briguait le tribunal pour enfants de Bobigny et allait y parvenir.

Lou et Lola avaient eu du mal à trouver un logement. Leurs salaires n'offraient pas de garanties suffisantes. Sans le statut de fonctionnaire de Lou, elles n'y seraient pas arrivées. Elles avaient fini tout de même par louer un agréable studio, lumineux et bien agencé, à Éterny, aux portes de Paris. C'était à vingt minutes en tramway du tribunal, et à peine plus éloigné du quartier République où Lola avait dégoté un emploi dans une petite agence de production audiovisuelle. Trois ans après leur rencontre, elles étaient parfaitement installées dans leur vie de couple comme dans leurs métiers respectifs. Lou croulait sous les dossiers, se plaignait du manque de moyens, des délais irrationnels entre les prises de décision et la mise en place des mesures effectives, mais adorait son travail et s'y engageait corps et âme, traitant avec la même passion les affaires de délinquance et la protection des mineurs en danger. Dans les deux cas, il s'agissait à ses yeux d'enfances gâchées et de jeunes en péril avec, à terme, le risque d'engendrer autant d'adultes vulnérables, peinant à s'intégrer dans la société. Des adultes perdus et, parfois, des adultes violents. Cela valait la peine d'y consacrer ses soirées et quelques week-ends. Lola, de son côté, collaborait à des documentaires et des fictions pour la télévision, tout en rêvant d'un premier film au cinéma. Elle voyageait beaucoup, partait parfois des semaines entières, mais connaissait aussi des moments de répit entre deux projets. Peut-être est-ce pour cela, parce qu'elle était restée, après le tournage d'une mini-série documentaire, un mois inactive à la maison, ou peut-être simplement parce qu'elle allait bientôt fêter ses trente ans, passant ainsi de l'autre côté d'une frontière qui la mènerait inexorablement aux « trop tard » de la prochaine dizaine, que Lola avait commencé à envisager sérieusement d'être mère.

Elle et Lou n'en avaient jamais parlé auparavant. Lola ne connaissait l'attachement de sa compagne aux enfants qu'au travers des histoires dramatiques que cette dernière lui rapportait du tribunal. Elle ne savait rien en revanche de son désir personnel et craignait que son métier constituât plus une entrave qu'une incitation à la parentalité, tant en raison d'une vision sombre de la famille que du strict respect d'une légalité qui limitait largement leurs possibilités. Lola avait donc été particulièrement surprise de la réaction de Lou lorsqu'elle avait abordé le sujet pour la première fois. Celle-ci songeait aussi à avoir un enfant, et elle avait déjà entrepris, sans rien en dire, quelques démarches en ce sens. Elle avait préféré, selon ses propres termes, défricher le terrain avant d'en parler à Lola. Le mot était bien choisi : on était à l'automne deux mille onze et la situation s'apparentait en effet à quelque végétation sauvage inextricable où il était ardu de se frayer un chemin. Pour Lou, « défricher » signifiait principalement lire des textes sur la question et interroger, autour d'elles, toutes les femmes célibataires ou en couples lesbiens qui étaient parvenues à devenir mères. Puis prendre des notes. « Tout est là », avait dit Lou en brandissant sous les yeux de Lola un petit carnet Moleskine bleu foncé. Sur des dizaines de pages, elle avait recensé d'une écriture appliquée des articles de loi, des extraits de journaux, des adresses d'hôpitaux et de cliniques en Belgique, au Danemark, en Espagne et une liste de gynécologues, radiologues, endocrinologues français connus pour leur bienveillance à l'égard des couples homosexuels. Lola aurait pu se sentir lésée, trahie même, si elle n'avait si bien connu Lou et son besoin d'étudier tout en détails, seule, avant d'évoquer un sujet. Elles étaient en cela fondamentalement différentes, presque opposées. Qu'importait, après tout. L'essentiel était acquis. Elles partageaient le même désir. Le reste n'était qu'affaire de modalités.

Lola et Lou n'avaient pas lu le petit carnet Moleskine ce soir-là. Elles avaient préféré le déposer fermé sur la table de nuit et célébrer en silence le lien que tissait déjà entre elles leur enfant rêvé.

Les modalités avaient tout de même fini par poser problème, occupant, les trois mois suivants, le cœur des conversations. La question de l'adoption avait été rapidement balayée. Les deux femmes souhaitaient l'une et l'autre, pour des raisons différentes, porter un enfant de leur sang. Lola voulait connaître l'expérience de la grossesse et de l'accouchement, aimait l'idée d'une transmission génétique, s'imaginait reconnaissant ses traits, ceux de ses parents, de ses sœurs, de ses cousins, sur le visage du nouveau-né. Si la maternité lui était physiquement accessible, elle ne voyait aucune raison de se l'interdire. Lou, pour être moins enthousiaste à la pensée de l'héritage biologique, n'en désirait pas moins être enceinte, pour s'assurer, disait-elle, que, dès l'origine, son enfant recevrait le meilleur du lien et de l'attention. Pardessus tout, elle refusait d'avoir à mentir sur son couple pour augmenter ses chances d'une éventuelle adoption. Jouer la comédie de la célibataire, décrocher les photos des murs, retirer la deuxième brosse à dents dans la salle de bain, rompre le pacs, effacer son histoire. Mieux valait encore aller chercher à l'étranger ce que la France leur refusait. Il y avait en Europe suffisamment de pays où la procréation avec sperme de donneur était autorisée pour les couples lesbiens. Pourquoi n'iraient-elles pas là-bas ?

Lola s'était étonnée que sa compagne pût envisager de se mettre hors-la-loi. « Mais, s'était offusquée Lou un soir où la discussion avait pris un tour animé, il ne s'agit pas tant de légalité que d'égalité des droits ! Quand celle-ci n'est pas garantie, alors, oui, naturellement, on cherche des solutions. Et puis là, au moins, on n'aura pas à faire semblant. Tout le monde saura qui nous sommes et ce que nous faisons. Et notre enfant aussi le saura. » « Mais imagine qu'on nous dénonce », avait repris Lola, inversant soudain leurs rôles habituels en endossant, sans trop y croire, le parti de la raison. « Imagine que cela menace ton travail. Imagine aussi que dans deux, trois ans, l'adoption soit enfin autorisée aux couples lesbiens et qu'on la refuse à celle de nous deux qui n'aura pas porté l'enfant au seul titre de l'illégalité de sa conception. » « Eh bien, quoi ? Nous irons en justice alors et la justice nous donnera raison. On ira en cassation s'il le faut. Et cela fera jurisprudence, et la société entière évoluera grâce à nous. » Lola n'avait jamais vu Lou, si pondérée d'ordinaire, s'emporter avec une telle ferveur, la voix ferme, le corps tendu, le regard vibrant. Il lui avait semblé saisir soudain d'un même trait la magistrate qu'elle devait être et la mère qu'elle serait. Elle avait aussi perçu, dans toute sa force, la femme en elle. Et ne l'en aimait que plus.

Le temps était venu pour Lola de lire le petit carnet qui était resté sur la table de nuit, comme dans l'attente du moment propice. À sa grande surprise, Lou l'avait invitée à l'ouvrir à l'envers, en commençant par la fin. « En mode manga », avait plaisanté Lola. « À rebours », avait corrigé Lou. De fait, tandis qu'elle y consignait d'un côté des informations pratiques, médicales et juridiques, Lou avait recensé, de l'autre, des récits qui lui semblaient riches d'enseignements. Des histoires de femmes qui, homosexuelles ou célibataires, étaient allées concevoir un enfant dans un autre pays. Des histoires de combats et d'espoirs, de joies et de chagrins, qui venaient donner corps à la rigueur austère des chiffres et des termes techniques. Elles avaient pour noms Marion, Constance, Agathe, Noémie, Fabienne et Raphaëlle. Toutes relataient de longs parcours semés d'embûches et de carrefours : les premiers tests et les premiers diagnostics, qui les avaient orientées vers une PMA ou une FIV ; puis le choix d'un pays, d'une ville, d'une clinique, avant celui d'un donneur. Elles racontaient aussi les épreuves du corps, les examens multipliés, les prises de sang, les injections hormonales et leurs effets secondaires – nausées, maux de tête, fatigue, prise de poids, sans compter les risques encourus, dramatiques parfois. Elles disaient encore les souffrances de l'âme, l'ampleur des sacrifices financiers, professionnels, sociaux – les compagnes, les amis, la famille qui vous lâchent et la triple tyrannie, celle des cycles qui orchestrent vos vies, celle de l'attente qui monopolise vos forces et épuise votre énergie et, surtout, celle de l'urgence –, ces coups de fil qui vous font acheter à la hâte un billet d'avion ou de train pour rendre votre corps disponible sous vingt-quatre heures à une ponction, une insémination ou une implantation là-bas, loin des vôtres. Elles n'omettaient rien, pas même les échecs, les avortements spontanés, les grossesses extra-utérines, les décès intra-utérins. Pas même les abandons.

Lou avait laissé Lola lire ces histoires seule, allongée sur le lit, se tenant volontairement à l'écart dans le salon. Elle n'avait pas voulu rester à côté de sa compagne, de crainte de voir la confusion des sentiments affecter son visage. Quand Lola l'avait rejointe, Lou avait aussitôt compris : Lola n'était pas encore prête. Cela ne transparaissait pas tant sur ses traits que dans la manière singulière qu'elle avait eue de lui tendre le carnet, le poignet cassé, la main renversée en arrière comme si elle ployait sous un poids démesurément lourd pour elle. Les mots avaient suivi, nerveux, précipités, sans que Lou sût si c'était l'effet d'une conviction profonde ou d'une forme de panique. Tout cela était trop compliqué, disait Lola en secouant le carnet, trop médical, trop artificiel. Trop contraint. Et puis comment pourraient-elles gérer concrètement la situation : elles travaillaient trop pour assumer ces voyages, sans parler de leurs coûts. En plus s'ajouteraient, c'était certain, des milliers d'impératifs qu'elles ne pouvaient pas imaginer et qui viendraient s'abattre sur elles sans prévenir, menaçant leur équilibre professionnel, social, physique et peut-être même, aussi, leur relation. Non, décidément, on ne pouvait se résoudre à cette solution. D'autant que l'espoir d'une légalisation n'était pas interdit. Un des candidats à la prochaine élection présidentielle promettait d'inscrire dans son programme le droit au mariage pour les couples homosexuels. Au-delà de l'adoption, n'était-ce pas la voie d'une autorisation, à terme, de la PMA en France qui s'ouvrait devant elles ? Bien sûr, il y aurait des débats, il fallait faire évoluer l'opinion publique, la position du Parlement ; de tels changements dans les lois, dans les mentalités et dans les faits prendraient du temps. Mais du temps précisément, elles en avaient. On n'était plus à l'époque où les femmes concevaient à peine sorties de l'adolescence. À trente ans, elles étaient jeunes et pouvaient bien patienter quelques années. Cela valait franchement la peine si l'attente leur permettait d'accéder aux mêmes droits que les parents hétérosexuels.

Lou avait laissé Lola dérouler sa démonstration sans l'interrompre. Elle était restée assise sur le canapé, la tête redressée vers sa compagne, et ne s'était relevée qu'une fois le monologue fini en disant simplement : « Je comprends ; tu as raison, il vaut mieux attendre. Après les élections, on y verra plus clair. » Elle n'avait pas essayé d'argumenter. Elle n'avait pas même souligné que, quelques mois plus tôt, c'était Lola qui avait exprimé la première un sentiment d'urgence. Face à de tels enjeux, il n'y avait pas lieu de convaincre : il fallait un désir et non une certitude. Seule une aspiration personnelle, comme une tension intime de l'être entier vers un manque irrésistible, pouvait endurer les assauts du réel. Si Lola n'y était pas, rien ne serait possible. Lou avait donc repris le petit carnet et était allée le reposer à sa place, sur la table de nuit.

Quelques mois plus tard, au soir du six mai deux mille treize, Lou et Lola étaient de celles qui, à la Bastille, s'embrassaient sous les drapeaux, mêlant leurs espoirs de parentalité à la liesse de l'élection du nouveau président. Elles s'étaient embrassées encore, à l'hiver et au printemps suivants, au nez des cortèges successifs de la « Manif pour tous », s'amusant à prolonger leurs baisers pour mieux ancrer l'existence effective de cela même que les manifestants voulaient nier ; et derechef le vingt-trois mai deux mille treize à la Bastille sous les drapeaux, arc-en-ciel cette fois, lors du concert célébrant la promulgation de la loi Taubira.

En juillet de la même année, Lou et Lola s'étaient embrassées enfin sous les pétales de papier qui venaient égayer, de leurs teintes pastel, le parvis de la mairie d'Éterny. Elles étaient désormais femme et femme, au même titre, en théorie, que les autres mariés du jour.

Lou et Lola n'étaient pas dupes cependant. Elles savaient que le combat n'était pas fini. À dire vrai, il ne faisait que commencer. Car à présent, c'était l'ouverture de la législation sur la procréation médicalement assistée qu'elles attendaient, avec un seul mot d'ordre : obtenir des droits égaux à ceux des parents hétérosexuels. Durant quatre ans, la question n'avait cessé d'émerger, à intervalles irréguliers, dans le débat public – sans cesse promise, sans cesse repoussée, toujours espérée. S'embrasser n'y suffisait plus, il fallait militer. Lou et Lola avaient adhéré à une association LGBT ; elles animaient les plénières, écrivaient des articles, distribuaient des tracts, participaient aux marches des fiertés, aux « Printemps des Assoces », aux journées mondiales. Elles n'évoquaient plus guère à la maison leur propre désir de grossesse : leur intimité s'était résorbée dans le politique. Pour qui les connaissait mal, on pouvait croire qu'elles n'en souffraient pas, comme si le militantisme parvenait à combler le vide laissé par l'enfant à venir. Peut-être, les premières années, cela les avait-il arrangées en effet d'attendre encore un peu, prolongeant, par la ferveur de l'engagement, la liberté vigoureuse de leurs vingt ans. Mais le temps passant et les évolutions tardant, la lassitude s'installait. En deux mille dix-sept, elles étaient prêtes à tout abandonner, se résolvant à l'hypocrisie du système : aller faire ailleurs un enfant qu'on leur reconnaîtrait ici sans leur avoir permis pourtant de l'y concevoir. C'est alors, précisément, que le Comité consultatif national d'éthique s'était déclaré favorable à l'ouverture de la PMA aux couples de femmes et aux femmes célibataires, ravivant les espoirs de Lou et Lola et renouvelant leur capacité d'attente. Il leur avait fallu patienter encore deux ans pour que les débats ouvrent à l'Assemblée et deux années supplémentaires de discussions houleuses pour qu'on promulgue la loi. Le trois août deux mille vingt-et-un la PMA était ouverte à toutes, avec reconnaissance conjointe de l'enfant à naître. Plus de procédure d'adoption, plus de deuxième mère, plus de demi-maman, mais deux parents égaux en droits. Une décade était passée. Lou avait trente-neuf ans, Lola bientôt quarante. Mais qu'importait leur âge. Elles avaient gagné. Du moins le croyaient-elles.

Il n'avait pas fallu plus d'une heure pour ruiner dix ans d'espérance. À leur premier rendez-vous avec le gynécologue, Lou et Lola avaient découvert les limites de la loi : il y avait peu de donneurs et beaucoup de demandes ; en raison de leur âge, elles n'étaient pas prioritaires et devraient patienter une quinzaine de mois pour une prise en charge en PMA. Elles avaient passé l'âge, également, du prélèvement d'ovocytes en vue d'une seconde grossesse. Et même pour celle-ci, le temps était compté. À quarante-trois ans, tout s'arrêterait. Tandis que le médecin bornait le champ d'action, dans leurs cerveaux les chiffres s'entremêlaient – ceux des dates butoirs, ceux des délais d'attente, ceux des corps qui vieillissent, ceux des années perdues, cernant leur désir de leur nasse réticulaire. Du trouble ainsi créé n'émergeait qu'une certitude, tel un mauvais souvenir que l'on croit définitivement enfoui et qui refait surface : elles allaient devoir partir à l'étranger. Le piège s'était refermé sur elles ; elles en étaient revenues au point de départ. De ce rendez-vous, chacune garderait au cœur une blessure à vif, de celles que seule la trahison et les espoirs déçus vous font éprouver. Abasourdies, elles étaient rentrées chez elles en silence, avançant avec lenteur, comme si elles peinaient à mettre un pied devant l'autre. Lola était partie se réfugier dans la chambre, pour récupérer avait-elle dit, tandis que Lou faisait les cent pas dans l'appartement.

À peine trente minutes plus tard cependant, Lola était venue rejoindre sa compagne dans le salon. Elle n'avait pas dormi. Elle avait préféré aller rechercher, dans le tiroir de la table de nuit, le petit carnet Moleskine. Elle le brandissait à présent à la manière d'un trophée. Corné, la couverture usée, il paraissait gonflé, presque bedonnant. C'est que depuis dix ans, Lou n'avait pas cessé, quoique de façon intermittente, de l'alimenter. Les extraits du journal officiel, les articles de presse, les dates, les lois, les arrêts, les jurisprudences du côté pile avaient quasiment rejoint les histoires relatées côté face. Bientôt, ils se rencontreraient sur la page centrale. Bientôt, il n'y aurait plus de place. Cette fois, Lola était prête à en parler. Elle avait trouvé une issue, simple, disait-elle, dans l'histoire de Marion, une femme de quarante-quatre ans qui, lasse d'attendre en vain l'homme de sa vie, avait décidé de faire un bébé, selon ses propres termes, « en solo ». Trop âgée selon la loi française, elle s'était vue dans l'obligation de partir à l'étranger. Après trois tentatives infructueuses d'insémination en Belgique, Marion avait, sur proposition d'un gynécologue conciliant, tenté un dernier essai en France, avec des gamètes commandés sur internet à une banque de sperme danoise. Elle avait reçu deux jours plus tard par la poste, bien protégé dans une boîte en bois, un petit récipient réfrigéré à l'azote contenant des paillettes de sperme et s'était rendue aussitôt chez son médecin, en métro, le précieux paquet fourré au fond de son sac à main qu'elle tenait serré contre ses flancs. Et elle s'était retrouvée enceinte, comme cela, presque naturellement. À quarante-quatre ans, sans compagnon, Marion était devenue mère. « Tu as vu, avait ajouté Lola, la banque t'envoie même un kit d'insémination, avec une notice détaillée, si tu le désires. On n'a pas besoin d'un gynécologue. On peut faire ça toutes les deux, à la maison, dans notre chambre. »

Lou avait secoué la tête. Cette clandestinité la rebutait. Sans parler des risques médicaux. Et puis, raconter à son enfant que maman Lou avait déposé la graine dans le ventre de maman Lola n'était pas suffisant. Elle avait conçu un autre projet, plus complexe, plus ambitieux, qui, pensait-elle, rendrait leur lien indéfectible. Elle y songeait depuis des semaines et l'avait exposé à Lola d'une traite, ne laissant, dans la détermination de sa voix comme dans la construction de son propos, aucune place au doute. Ce qu'elle voulait, c'était que chacune pût porter l'enfant de l'autre. Lou celui de Lola, et Lola celui de Lou. Il fallait donc que l'une d'entre elles entreprît une démarche de fécondation in vitro – stimulation ovarienne, ponction d'ovocytes, insémination avec sperme de donneur, pour produire un embryon qui serait implanté dans l'utérus de l'autre. Puis, deux ou trois ans plus tard, les rôles s'inverseraient, en gardant le même donneur. « Il y aura ainsi une partie de moi en toi, et de toi en moi, avec une vraie fratrie. » Lola était dubitative. Tant d'efforts, tant de souffrances pour tant d'incertitudes. Elle craignait une nouvelle fois d'entacher le naturel de la conception par une médicalisation excessive.

L'argument avait été immédiatement réfuté. Lou avait bien travaillé son dossier. Qui oserait objecter à une femme dont le mari était infertile qu'il était superflu de s'imposer des protocoles de PMA ? Le recours aux techniques leur était imposé par les circonstances, comme pour tant d'autres, voilà tout. Que représentaient en outre quelques mois de sacrifices au regard de vies entières, les leurs et celles de leurs enfants à venir ? Il ne s'agissait après tout que de la conception, dont chaque étape serait en effet décomposée, détaillée, encadrée. Lola n'avait qu'à y voir une forme de ralenti, de ceux qui, au cinéma, bien qu'ils muent le moindre geste physique en mécanique artificielle, vous font saisir le flux du réel. Lola avait opposé une moue sceptique. L'image lui paraissait creuse, simple procédé rhétorique destiné à la séduire sur son propre terrain. « Cela ne concerne que la conception, avait alors répété Lou. D'ailleurs, dans la clinique que j'ai trouvée à Copenhague » – elle avait retourné à la hâte le carnet, montrant, vers la vingtième page, la photo d'une chambre lumineuse, avec un parquet, des tapis de coton, des meubles en bois clair et un large lit-banquette sur lequel était griffonné un nom en danois – « ils font tout pour qu'on oublie le cadre médical et qu'on se sente à la maison ». Lola n'avait pas même eu le temps de répliquer que Lou avait enchaîné : « Pour la suite, on fera du cent pour cent naturel, c'est promis. Suivi de grossesse par une sage-femme libérale, j'ai les meilleures adresses, regarde », Lou avait tourné deux nouvelles pages du carnet, « cours de préparation à l'accouchement sans douleur, haptonomie, sophrologie, méditation », l'index s'agitait, trois pages de plus, « et, bien sûr, accouchement à domicile avec matériel physiologique, ballons, coussins, tabourets, lianes d'étirement… », le doigt s'emballait au rythme de la voix, froissant une page au passage. « Bref, on fera ça à notre manière. Et puis on pourra mettre une lumière tamisée, des bougies, de la musique. Je pensais préparer une playlist. C'est bien, non ? ».

Et Lola avait accepté. Tout. Le Danemark, les FIV, les grossesses « embrassées » comme elles les nommaient déjà, l'haptonomie, les ballons, la playlist et le reste. Elle avait même accepté que Lou fût la première à porter leur enfant. Par amour pour sa compagne assurément, mais aussi parce qu'elle préférait s'assurer de sa propre fertilité. Elle ne pouvait s'empêcher de penser que, finalement, cela l'arrangeait plutôt de pouvoir le faire en demeurant libre, libre de ses voyages professionnels, libre de ses absences, libre de son corps sans grossesse. Savoir que l'on peut encore concevoir un enfant sans pour autant avoir à le porter, c'était un peu de la jeunesse qui se prolongeait. Lou avait dû y songer, Lola en était certaine. Il n'était pas nécessaire d'en discuter.

Il n'y avait eu en fait qu'un seul point de désaccord entre elles. Celui-ci s'était fait jour au moment de choisir le donneur, engendrant une dispute aussi brève qu'intense. Si la clinique danoise se chargeait de recevoir et de stocker les paillettes, il incombait aux futures mères de sélectionner directement le père biologique sur le site internet d'une banque de sperme. Celui-ci proposait, en ligne, une liste de donneurs, avec toutes sortes d'indications. Le prénom, le groupe sanguin, la taille, le poids, l'état de santé, la couleur des cheveux et des yeux, l'origine ethnique et familiale, le niveau d'études et le métier, puis un profil détaillé évoquant les goûts, les hobbies, les aspirations, les traits de caractère, avec, en complément, des tests de personnalité incluant courbes, graphes et quotients. Des chiffres, à nouveau.

La plupart des donneurs avait joint une photo d'eux enfant, et certains, peu nombreux, adulte. On pouvait également écouter un court enregistrement dans lequel chaque donneur s'adressait aux futures mères, expliquant les raisons de sa démarche. Lou et Lola s'étaient d'abord montrées pareillement surprises, puis s'étaient lancées, mi-gênées, mi-curieuses, dans la consultation de ce déroutant inventaire. Elles s'étaient rapidement prises au jeu. Avaient ironisé sur ce catalogue de supermarché tout en s'attendrissant devant les photos, s'étaient indignées des classifications ethniques non sans s'arrêter sur les fiches des grands blonds aux yeux clairs et à la peau mate, un bon compromis entre elles deux, avaient-elles conclu en riant, et, quoique se montrant ouvertes à toute origine sociale, s'étaient attardées plus particulièrement sur les profils des étudiants et cadres supérieurs. Elles avaient frémi de la même manière en entendant pour la première fois la voix de l'un d'entre eux, confuses comme devant un spectacle obscène, embarrassées par ce brusque retour du corps, du réel, du vivant au milieu de l'univers virtuel et codifié qui l'entourait.

C'est peu après que la dispute avait éclaté. Sans que rien ne le laissât présager, Lou avait soudain fait machine arrière. Elle était écœurée par ces catégorisations successives. Les profils détaillés la choquaient par-dessus tout. Elle y voyait une idéologie et se refusait à choisir le père de son enfant sur de tels critères. « Tu ne vois pas qu'il y a là derrière une croyance larvée dans l'héritabilité naturelle des comportements humains ? Comme si d'engendrer un enfant avec un mec mesuré, qui pratique le yoga et la méditation, t'assurait d'avoir un bébé sage ! Et quoi encore ? Un type au QI peu élevé sera condamné à avoir des bébés imbéciles, un solitaire, des rejetons asociaux et un alcoolique, des graines d'addicts ? Ça me dégoûte. » Lola ne comprenait rien à ce revirement brutal. « Mais enfin, moi aussi tu m'as choisie en fonction de traits physiques, sociaux et comportementaux. N'importe quelle hétéro choisit, dans la vie courante, le futur père de son enfant de cette manière. On n'est pas sûr que cela aura une influence directe sur le bébé, mais au cas où, je ne vois pas pourquoi on s'en priverait. Il s'agit simplement d'éclairer nos décisions, de minimiser certains risques en donnant un petit coup de pouce au hasard. Franchement, je ne vois pas où est l'idéologie dans tout ça. » « Et moi, je te dis qu'ils nous vendent des profils humains, comme si on pouvait réifier les êtres. Les quantifier, les classer. C'est du marketing eugéniste qui joue sur nos fragilités en agitant une mystique du gène. » « Si tu veux, mais c'est un eugénisme positif, qui ne fait de mal à personne, te laisse libre de tes choix et ne prétend pas t'imposer ses valeurs. La liberté pour tous, sans doctrine morale : toi qui voulais la justice, tu devrais être contente ! Je crois plutôt, pour être honnête, que tu ne supportes pas tes propres contradictions. » « Tu confonds tout, liberté, libération, libertarisme. Il faut un minimum d'éthique et d'humanisme tout de même ! » Et Lou avait quitté l'appartement en claquant la porte. Elle n'était revenue que quatre heures plus tard. Lola ne saurait jamais ce qui s'était passé durant ces heures, mais dès son retour, Lou avait rouvert l'ordinateur, avait cliqué sur le site et sélectionné le profil de Søren, un bébé rond et joufflu devenu étudiant en thèse d'histoire à l'Université de Copenhague, champion local de hockey sur glace, amoureux des voyages et de la nature, qui avait laissé peu d'indications personnelles et un très court message où il disait en substance ne pas savoir que dire sinon souhaiter une vie heureuse aux futures mères et à leur enfant. Lola avait acquiescé. Søren lui convenait. De tout le reste, il n'avait plus été question. Lou et Lola savaient que, d'une certaine manière, aucune des deux n'avait le choix.

Tout s'était bien déroulé par la suite, si bien que c'en était surprenant. Le désir qui raccourcit les distances, allège les efforts et atténue les souffrances en était sans doute cause. Lola s'était prêtée de bonne grâce aux prises de sang, échographies et injections quotidiennes, minimisait leurs effets secondaires, ironisant tout au plus sur sa transformation en bête d'élevage intensif. Elle s'était accoutumée à suivre chaque jour les directives des gynécologues qu'elle avait fini par inscrire dans sa routine. Même les déplacements en avion à Copenhague lui semblaient, en dépit de l'urgence, du coût, des sacrifices professionnels et de la fatigue, étonnamment acceptables. Lou avait bientôt fait de même avec, pour tout bagage, son espoir à l'aller, deux embryons au retour. Leur enfant serait, en quelque sorte, un fils ou une fille de l'air. Lou et Lola lui avaient ainsi forgé une petite mythologie des origines, jouissant de la capacité d'adaptation de l'imaginaire humain. Seule l'attente leur demeurait pénible : attente de la convocation de Lola pour le prélèvement des ovocytes, attente des résultats de leur fécondation par le sperme de Søren, attente de la convocation de Lou pour l'implantation de l'embryon, attente des résultats du test de grossesse, attente du quatrième mois pour éliminer le risque de fausse couche. Leur vie se déroulait ainsi, en suspens. Cela n'avait duré que peu de temps toutefois. La chance était de leur côté. Enfin. Dès la première tentative, quatre-vingts pour cent des ovules fécondés avaient formé un embryon. La vie était là, tout proche. Lola se sentait soudain solide, invincible, emplie de la certitude d'être fertile. Et si Lou n'était pas tombée enceinte immédiatement, les deux femmes étaient désormais convaincues qu'elle le serait bientôt. Plus rien ne semblait devoir les empêcher d'être mères. De fait, le deuxième essai avait été le bon.

Huit mois plus tard, quasi à terme d'une grossesse qui s'était déroulée en toute sérénité, Lou était allongée sur le canapé du salon, glissant dans le carnet Moleskine un feuillet libre contenant les derniers détails de leur projet de naissance, quand elle avait ressenti des contractions intenses dans le creux de ses reins. Elle avait souri à Lola. Le moment était venu d'appeler Catherine, la sage-femme. Tout irait bien. Elles avaient tout prévu.

Elles avaient tout prévu, sauf ça. Un écoulement soudain de liquide amniotique, la perception, par Catherine, d'une tige pulsatile dans le vagin de Lou, devançant le fœtus. C'était l'urgence absolue. L'accident, rare, imprévisible. Le coup du sort. Une procidence du cordon ombilical que la tête du bébé menaçait de venir comprimer, risquant ainsi l'asphyxie à chaque progrès de sa délivrance. Il n'était plus question dès lors de lumières tamisées, d'haptonomie et de musiques douces. Plus question du petit carnet Moleskine ni du projet de naissance. Il fallait transférer immédiatement Lou à l'hôpital le plus proche pour pratiquer une césarienne. La maternité de l'hôpital Marthe Condat, une maternité de niveau 3 adaptée à la prise en charge de toutes les urgences obstétriques, se trouvait fort heureusement à quelques minutes de leur domicile. Lou et Lola n'avaient vu dans cette proximité, découverte en début de grossesse, qu'une coïncidence anodine, y avaient pourtant ouvert un dossier, sans trop en saisir l'intérêt, sur les conseils de Catherine. « Au cas où », leur avait-elle dit. Ni Lola ni Lou n'avaient souhaité en savoir plus. Elles avaient épuisé leurs forces d'anticipation dans la conception de l'enfant. Après cela, l'accouchement ne pouvait que se dérouler naturellement.

Pourtant, tout reposait désormais sur la rapidité et la qualité de l'assistance médicale. Il en allait de la vie du bébé. Tout reposait, pour commencer, sur Catherine qui faisait preuve d'un incroyable professionnalisme. Elle multipliait les gestes avec calme et détermination, installant Lou tête en bas, pieds en l'air, lui posant une perfusion, entourant le cordon de compresses, refoulant du poing la tête du bébé dans l'utérus de sa mère tout en donnant à Lola, paniquée, des directives claires pour appeler le Samu et prévenir les urgences de la maternité de l'arrivée imminente d'une procidence du cordon. Et Catherine était restée ainsi aux côtés de Lou, ou, plus exactement, sur Lou, à quatre pattes, la main à l'intérieur d'elle, à quatre pattes sur le lit, sur le brancard, à quatre pattes dans les escaliers, dans le camion du Samu, dans le hall, l'ascenseur et les couloirs de l'hôpital, à quatre pattes encore au bloc, sur la table chirurgicale, sous le champ opératoire, à quatre pattes toujours, la main à l'intérieur de Lou, jusqu'à l'ouverture du ventre et l'extraction du bébé. On eût dit deux sœurs siamoises étrangement reliées par le sexe de l'une et l'avant-bras de l'autre. Malgré l'ampleur de son désarroi et de ses souffrances, Lou avait encore eu l'esprit de reconnaître qu'elle avait tout de même bien choisi sa sage-femme. Lola l'avait bien dit : « Mieux vaut ne pas laisser trop de chances au hasard. »

C'est Clémence qui a reçu l'appel du Samu et prévenu la sage-femme pour que soit immédiatement préparé le bloc opératoire et mobilisée toute l'équipe. C'est elle aussi qui a attendu devant l'hôpital l'arrivée du camion. Elle, encore, qui a accueilli l'étrange équipage constitué de Lou et de Catherine enchevêtrées, de deux brancardiers et de Lola pour les conduire à la hâte jusqu'au bloc, les devançant au travers des couloirs, ouvrant les portes, ménageant le chemin. C'est elle, enfin, qui a dû prendre en charge Lola, au nez de qui l'on venait de refermer sans ménagement la double porte du bloc, la laissant là, dans le couloir, seule, impuissante et terrifiée.

Clémence a conduit Lola dans la salle d'attente des urgences de la maternité, la tenant par le coude de peur qu'elle ne défaille, l'a installée sur une chaise dans le coin opposé à l'entrée et lui a apporté un peu d'eau dans un gobelet de plastique. Puis elle s'est assise sur la chaise à côté de la sienne, sans un mot d'abord, se contentant de poser sa main sur son avant-bras. À présent, elle lui répète, à voix basse, lentement, comme si elle jaugeait chaque terme avant de le prononcer, ce que Catherine lui a déjà exposé dans le camion et dont Lola n'a su, dans sa détresse, rien entendre d'autre qu'une série de phrases vides de sens, un enchaînement de sons incohérents. Oui, il s'agit d'une urgence absolue, mais Catherine a maintenu la tête du bébé éloignée du cordon, le monitoring pratiqué dans le camion n'a traduit aucun signe de souffrance fœtale et la prise en charge à l'arrivée a été rapide. Tout cela est de très bon augure. Il est assurément douloureux de se trouver exclue dans un moment si important, mais c'est toujours ainsi en cas d'urgence, le personnel soignant n'ayant pas le temps d'habiller le second parent d'une tenue stérile.

Lola semble respirer plus calmement. Elle affiche en revanche un air las, presque triste ; l'angoisse l'a cédé à l'abattement. Soudain, elle bascule son buste en avant, prend sa tête dans ses mains, coudes sur les genoux, paumes sur les paupières closes et reste dans cette position une dizaine de minutes, secouant la tête de droite à gauche. Clémence l'entend murmurer quelques mots, d'une voix à peine perceptible, comme si elle se parlait à elle-même. Elle se rapproche alors, glissant son bras droit autour des épaules de Lola, la ramenant délicatement contre sa poitrine. C'est là, seulement, qu'elle distingue ces mots : « On avait tout prévu… tout… ». Ils reviennent à intervalles réguliers, telle une complainte lancinante.

Clémence sait bien ce qu'elle pourrait répondre. Expliquer d'abord que l'on ne peut jamais tout prévoir. Qu'une naissance est, à l'image de la vie entière, le fruit combiné du hasard et de la nécessité. Puis suggérer que c'est justement cela qui donne pleine valeur au vivant, ménageant, dans son chaos ordonné, une part d'imprévu, de surprise, de rencontres et qu'il y a là peut-être même, en marge des drames et des catastrophes, la condition de notre liberté. Clémence sait bien ce qu'elle pourrait dire, mais elle préfère se taire. C'est qu'elle sait aussi que rien de tout cela n'est audible pour le moment. C'est le genre de propos qui, pour être défendables en principe, ne sont acceptables que lorsque tout va bien. Alors Clémence se tait, précisément parce que, le hasard étant toujours maître, il n'est pas encore certain que ce bébé-là naîtra en pleine santé.

Lola a encore la tête baissée quand Catherine entre dans la salle d'attente. La sage-femme avance d'un pas décidé, retirant tandis qu'elle marche la tenue en intissé dont on l'a hâtivement revêtue à son arrivée – la charlotte, la tunique et même les surchaussures qu'elle arrache à présent en sautillant d'un pied sur l'autre. Elle avance sans s'arrêter, droit vers Lola, qui, les yeux toujours clos, ne voit rien de sa détermination ni de son sourire éclatant, signes d'une bonne nouvelle que seule Clémence comprend. Puis Catherine s'agenouille aux pieds de Lola, lui saisit les mains et lui glisse à l'oreille : « Votre bébé est né, c'est une magnifique petite fille de trois kilos deux. Félicitations ! Elle va très bien. Nous pouvons aller la voir à la crèche si vous le voulez. Lou aussi va très bien. Ils vont la transférer en salle de réveil. »

Alors Lola relève la tête, et, comme si celle-ci entraînait le corps tout entier dans son élan, se redresse d'un coup sur ses jambes, se jetant littéralement sur Catherine pour la serrer dans ses bras avec une fougue telle que la sage-femme manque de perdre l'équilibre. La salle d'attente n'est plus que rires, larmes et remerciements, suscitant chez les autres patients claustrés dans l'angoisse et la douleur un mélange hétéroclite de joie, d'envie et d'agacement. Lola se ressaisit et s'excuse auprès d'eux, justifiant l'excès de ses effusions par la spécificité du moment, puis, se tournant de nouveau vers la sage-femme, lui déclare, d'un ton qui semble d'autant plus solennel qu'elle parle désormais à voix contenue : « Catherine, vous avez été héroïque. Vous être notre sauveuse ! Je ne sais pas comment vous remercier. » Catherine affiche un sourire étrange, presque surpris. « Mais Lola, ça n'a rien à voir avec l'héroïsme. Ou alors il faut voir des héros partout : le boulanger qui a réussi son pain, l'ouvrier qui a construit un mur solide, l'agent de police qui a assuré la circulation, le prof qui a intéressé ses élèves ! Je me suis contentée de faire mon métier du mieux que je pouvais, voilà tout. C'est technique vous savez, et malheureusement la technique ne suffit pas toujours. On a eu de la chance, aussi. » Puis, sans rien ajouter, elle l'entraîne au carrefour des couloirs pour aller admirer, dans un petit berceau transparent, le fruit combiné de mille projets et d'autant de contingences.

Deux heures ont passé. Tout est redevenu calme aux urgences de la maternité. Clémence a repris son poste derrière le comptoir d'accueil. Elle songe aux derniers mots de Catherine ; à la technique et à la chance. Il y a ici en effet, comme en toute chose, une telle part d'incertitudes et de combinaisons imprévisibles que rien n'est jamais acquis. De la trame qui fait la vie d'un être, on ne peut saisir que le fil quotidien – l'enchaînement modeste, appliqué, méthodique des gestes coutumiers. Rien n'aura jamais lieu que ce lien, aussi tangible que ténu. Clémence, à l'instar de Catherine, le sait depuis longtemps. Depuis longtemps également, elle a fait son choix : l'humanité plutôt que l'héroïsme, le soin en guise de sainteté. Elle le conçoit ainsi, son métier, à hauteur d'homme, comme un ouvrier, un artisan de la santé, dans la rigueur des travaux et des jours.

Catherine a raison, l'essentiel est de bien faire son métier.

PORTE 10

—

Lucile

« DE TOUTE MANIÈRE, IL VA MOURIR. » On a dû leur dire ça. Ou quelque chose comme ça. Ils ont à peine trente ans, c'est leur premier enfant. Ils en ont rêvé et ont prévu cette grossesse, calculant les périodes d'ovulation, respectant un régime alimentaire contraignant, cherchant les positions favorables à la fécondation. Peut-être même se sont-ils retrouvés rapidement à la maison un midi parce que c'était le bon moment – précipités, maladroits et heureux. Peut-être ont-ils ri aux éclats quand Lucile a mis les pieds au mur, mains sous les fesses et que Maxime lui a tenu les chevilles bien fermes en criant pour encourager sa semence : « Vas-y mon vieux, fonce, t'es le meilleur, nage droit devant. » Ou peut-être tout est-il arrivé simplement un jour où ils ne pensaient à rien d'autre qu'à s'aimer. Qu'importe. Car désormais les mots sont dits. Ils sont venus trancher leur vie, instituant un avant et un après.

C'était il y a une semaine, dans le bureau du professeur Martinez, le chef de service. Ils avaient bien senti lors de l'échographie du cinquième mois que quelque chose n'allait pas. Il y avait eu ce long silence, où l'on n'entendait que la respiration lourde du médecin. Et sa manière si singulière d'empoigner la sonde, de plus en plus fermement en effectuant des pressions circulaires sur un point précis du ventre de Lucile, comme pour en extraire une vérité enfouie. Deux jours plus tard, ils étaient pris en charge par l'équipe du Diagnostic Anténatal, qui avait confirmé le problème. Et puis on les avait convoqués à la maternité Marthe Condat. Ils s'étaient retrouvés assis côte à côte sur deux petites chaises en plastique, démunis face à cet inconnu, ce grand professeur, le meilleur leur avait-on dit, qui leur avait expliqué, à mots secs et factuels, la pathologie cardiaque incurable dont souffrait leur « fœtus » – il l'appelait comme cela, comme si d'utiliser un terme scientifique pouvait atténuer l'horreur de la situation, comme s'il pouvait, par la seule magie d'une substitution sémantique, ne pas s'agir de leur enfant, de ce bébé qui avait déjà corps et avenir dans leur imagination. Ils n'avaient pas bien compris au début. Avaient fait répéter, avaient forgé des hypothèses, suggéré des solutions alternatives, cherché des échappatoires. Il n'y en avait pas pourtant, et, dix fois, avec constance et fermeté, le professeur les avait ramenés à l'insupportable vérité. C'était incurable. On n'y pouvait rien. Il leur restait néanmoins une part de liberté, un choix, avait dit le professeur. On pouvait mettre fin à la grossesse dès à présent, il y avait un protocole spécial. Mais ils pouvaient aussi décider de mener la grossesse à terme. L'enfant naîtrait alors naturellement. On ne savait juste pas combien de temps il vivrait, quelques minutes, quelques heures, au mieux quelques jours. Maxime avait souri. Du moins en avait-il eu l'air. C'était plutôt un tic nerveux. Il avait senti sa joue se tendre, tirant la commissure de ses lèvres d'un côté. « Un choix? Vous appelez ça un choix? C'est monstrueux. » Il n'y avait rien à répondre. Le professeur s'était levé, leur avait serré la main. « De toute manière, vous l'avez compris, il va mourir. C'est donc à vous de voir. Je vous laisse réfléchir. Prenez un peu de temps, mais pas trop. Si nous devons procéder à une interruption médicale de grossesse, ce serait bien de le faire sous une dizaine de jours. »

On en était là. Lucile et Maxime dans une salle sans fenêtres. Lucile et Maxime qui avaient choisi. Charybde au lieu de Scylla. La mort immédiate, provoquée, plutôt que l'attente avec le lot d'angoisses, de chagrins et de faux espoirs que celle-ci nourrirait nécessairement. Ils n'avaient pas pris leur décision seuls. Ils avaient été accompagnés. Par leurs parents, par leurs amis, par l'hôpital même qui avait mis à leur disposition une aide psychologique de qualité. Leur choix avait été entouré de tendresse et d'écoute. Ils se sentaient seuls, pourtant, à l'heure de passer à l'acte. Terriblement seuls. Dans le couloir, Clémence s'apprêtait à les rencontrer. À quoi pensait-elle au moment où, de son index replié, elle frappait à la porte? Que peut-on se dire au seuil de tant de malheur? Songeait-elle aux ravages d'une telle épreuve pour un si jeune couple, préparait-elle intérieurement quelques mots de réconfort ou se concentrait-elle déjà, tant par professionnalisme que pour se protéger, sur les gestes techniques qu'il lui faudrait accomplir, se remémorant les étapes précises du protocole, inventoriant le matériel nécessaire, anticipant les aléas? C'était sans doute un peu de tout cela, et bien d'autres choses encore.

Clémence est entrée, s'est présentée. Lentement, posément, elle explique ce qu'il va se passer, en promettant de réexpliquer s'il en est encore besoin. Tant qu'il en sera encore besoin. Puis elle prépare le matériel. La machine, les vêtements, les flacons et les instruments. Peu après, l'obstétricien arrive, accompagné d'un interne et d'une sage-femme échographiste. Clémence les aide à s'habiller, cagoule, masque, casaque, gants stériles. Elle se tourne ensuite vers Lucile, allongée sur le lit d'accouchement devenu table d'examen. Elle la badigeonne à la Bétadine, du nombril jusqu'en haut des cuisses. Puis elle étend un drap sur son buste, le relevant à la verticale au niveau du ventre, divisant l'espace et les êtres.

D'un côté, la moitié consciente de Lucile, qui tente de faire bonne figure, charlotte sur la tête, regard perdu, avec tout près d'elle, à sa droite, son mari, affublé lui aussi d'une charlotte, d'un masque et d'une blouse d'hôpital, et, à sa gauche, Clémence, qui n'en bougera pas jusqu'à la fin de l'intervention. De l'autre côté, la partie en sommeil, celle que l'on va pénétrer, celle qui, au mari comme à la femme, doit rester cachée et où s'affairent à présent l'obstétricien, l'interne et la sage-femme. Tous se mettent soudain à parler bas, comme s'ils veillaient un mort. Le médecin forme son interne en chuchotant, la sage-femme leur murmure ses observations. Clémence n'aime pas ces échanges à mi-voix qui accentuent la pesanteur du moment. On dirait qu'ils ont des choses à cacher. Elle fait exprès, elle, au contraire, de parler haut et clair à Lucile. De lui parler de l'intervention, de lui parler du bébé, de lui parler d'elle et de sa souffrance. Et elle la caresse, elle la cajole. Il ne s'agit pas seulement de la douleur physique de sa patiente. Le vrai mal est ailleurs. C'est une agression, un attentat psychique. Clémence entrevoit le cerveau de Lucile éclaté en mille morceaux sous l'impact. Il faut absolument l'aider à se recomposer. Elle se souvient qu'après un drame, le premier geste des secours est d'envelopper d'une couverture les survivants. Et c'est ce qu'elle fait, à sa manière. Elle enveloppe Lucile de ses mots, de ses caresses. Peut-être cherche-t-elle aussi, ce faisant, à s'apaiser elle-même. Car ce qui va se passer n'épargne pas non plus les soignants. À des degrés divers, tous savent bien de quoi il retourne. Rien, ni le cadre légal, ni la technicité déployée, ni même la certitude du bien-fondé de l'acte qu'ils s'apprêtent à commettre ne peut en effacer la portée transgressive. Au mépris de leurs dispositions naturelles, à rebours de leur credo professionnel, et parfois de leurs convictions personnelles, ces êtres dévoués au « faire vivre » sont sur le point de donner la mort. *Primum non nocere*. En l'espèce, les mots ne trompent pas. Clémence le conçoit bien, elle qui a consciencieusement déployé sur la tablette, près du ventre de Lucile, ce que l'on a coutume de nommer le « kit de fœticide ». Combien faut-il alors de ressources aux soignants, combien de stratégies défensives, pour se souvenir que c'est le destin, et non pas eux, qui a frappé ? Pour se dire que ce fœtus tué vaut mieux, à tout prendre, qu'un bébé agonisant à quelques heures de vie. Qu'en tout état de cause, ils ont là la possibilité, interdite plus tard, de l'accompagner en douceur.

« Madame, votre bébé dort », chuchote l'obstétricien, après l'injection de xylocaïne. « Il n'aura pas mal, il ne va rien sentir. » Un long silence. C'est le moment. Concentration sur l'écran de l'échographe quand l'aiguille pénètre le cœur du fœtus. Chlorure de potassium. Encore un silence. « Voilà madame, c'est terminé ». De l'autre côté du champ, personne n'est dupe. Tout le monde sait bien que cela ne fait, au contraire, que commencer. Tout s'accélère, d'ailleurs. En quelques minutes, l'équipe a disparu, volatilisée. On a enlevé le champ, remporté l'échographe, nettoyé ce qui pouvait l'être. Clémence reste seule avec Lucile et Maxime. Et, de nouveau, elle explique. Elle dit bien sûr le repos nécessaire, l'installation dans la chambre à l'étage puis, le retour, là, le lendemain, en salle de naissance pour ce qu'elle nomme encore, en dépit du réel, comme une ultime concession à l'espoir enfui, l'accouchement. Ce qu'elle ne dit pas en revanche, mais qui l'obsède, c'est la longue nuit qui attend Lucile. Une nuit à porter malgré tout, alors que la pensée même lui en faisait horreur, un bébé qui ne bouge plus, un bébé mort. Une nuit comme une éternité de néant, première étape d'un deuil qui n'en finira jamais. La seule bonne nouvelle dans tout cela est que, le lendemain, Clémence sera encore présente. Hasard du calendrier : le protocole entier s'inscrit dans sa garde. Au morcellement de Lucile, à la dislocation de son être, c'est un minuscule réconfort. Une forme de continuité par-delà le chaos.

Dix heures du matin, sous-sol de l'hôpital. On entend des cris de femmes, des pleurs de bébé, des portes qui claquent, des éclats de voix et de rires. Le brouhaha habituel du couloir qui dessert les quatre salles de naissance. Dans la première, l'anesthésiste pose une péridurale à Émilie, vingt-deux ans, qui, dans deux heures, donnera vie à un magnifique petit Marius, trois kilos deux, cinquante centimètres, son premier enfant. L'accouchement d'Émilie sera conforme à sa grossesse, serein, joyeux, sans souci. Dans la seconde, Mélinda, les traits tirés, le front couvert de sueur, sourit. Elle a un peu regretté au cours du travail d'avoir refusé l'anesthésie. La sophrologie a ses limites. Mais à présent que son bébé est sur son ventre, elle n'y pense plus. Dans la troisième salle, il n'y a personne. C'est un matin calme. Dans la dernière cependant, au fond du couloir, Clémence s'affaire. Elle prépare la salle de naissance pour Lucile. Elle dissimule les couches, le plan à langer, tout ce qui peut évoquer la mise au monde d'un enfant bien vivant. Elle se remémore la formation sur le deuil périnatal qu'elle a suivie à l'automne. Un médecin leur avait cité les vers d'un poète : « Naître, c'est seulement commencer à mourir ». Mais que peut-on penser quand les deux coïncident, quand plus rien ne sépare le début de la fin ? Alors quand Lucile arrive, elle s'efforce de l'accueillir au mieux. Elle l'installe en douceur sur la table d'accouchement, avec des gestes mesurés, des gestes tendres, quasi maternels. Elle s'adresse ensuite aux deux parents. Elle leur demande s'ils veulent savoir le sexe de leur enfant, s'ils veulent le voir, s'ils ont envisagé un prénom, s'ils ont apporté des habits, s'ils veulent organiser les obsèques ou laisser l'hôpital s'en charger. Elle n'a de cesse de leur répéter ce faisant qu'ils ne sont pas forcés de répondre, qu'ils pourront changer d'avis. Lucile et Maxime se taisent. Il est trop tôt pour en parler. Clémence décrit alors ce qu'il va se passer. La péridurale, les tiges de Dilapan qui dilateront le col et enfin le produit pour déclencher les contractions, dont elle préfère taire le nom car il ne s'emploie, en raison des risques de souffrance fœtale, que dans les cas où le mal est, pour ainsi dire, déjà fait.

Il faudra huit heures de travail à Lucile pour parvenir à expulser ce que tout le monde s'acharne désormais à appeler son bébé, mais qu'elle ressent, elle, depuis la veille, comme un intrus à ses entrailles, une chose inerte qui l'envahit, la colonise et l'obnubile – l'insupportable aliénation de son intimité. Pendant ces huit heures, Clémence viendra, le plus souvent possible, s'occuper de Lucile. Elles se relaieront auprès d'elle avec Laetitia, une jeune sage-femme, formant une équipe efficace et équilibrée entre l'expérience de l'une – démarche assurée, propos directs, professionnalisme zélé, et la sensibilité de l'autre, dont l'émotivité mal retenue, la prudence et la gaucherie même constitueront paradoxalement, par l'expression de la plus naturelle empathie, une autre forme de soutien à Lucile. Clémence et Laetitia auront malgré tout, dans le même temps, fort à faire ailleurs. Elles seront appelées, à plusieurs reprises, pour assister d'autres femmes dans les salles adjacentes. Elles vivront ainsi la naissance joyeuse de Marius, le sauvetage miraculeux au forceps, après un grave ralentissement du rythme cardiaque, d'une petite Louise arrivée les pieds en premier, et la mise au monde de beaux jumeaux de deux kilos sept, Naël et Ismaël. Mais, toujours, elles s'arrangeront pour revenir auprès de Lucile, condamnées à un va-et-vient intérieur épuisant entre la joie des naissances et l'effroi de la mort. Laetitia y pensera, craignant, à chacun de ses retours, de rapporter malgré elle des bribes du bonheur des autres mères, de les faire entrer dans la pièce par sa voix, par ses mouvements, par l'expression même de son visage, imposant à Lucile la vision scandaleuse d'une félicité qui lui échappe si injustement. Clémence n'y pensera pas. Elle sait, depuis longtemps, que le scandale est là, de toute manière.

L'enfant est arrivé. On l'a emmené rapidement ailleurs, on l'a soustrait, dans un premier temps, aux regards de Lucile et

Maxime. Clémence leur a juste dit : « Il est beau, votre bébé. » C'était vrai, en l'occurrence, leur bébé était beau. Mais Clémence le leur aurait dit également si cela n'avait pas été le cas, juste pour empêcher que ne viennent s'installer, membres fantômes de leur existence, des images difformes, des visions lancinantes. Le fantasme du monstre. Elle s'est assise ensuite au bord du lit et a parlé, avec retenue, à Lucile et Maxime – à peine parents, déjà orphelins d'un à peine-né. Elle leur a expliqué que, dans une autre salle, on était en train de préparer le bébé, de le laver, de l'habiller, de prendre des photos, d'apposer sur une carte les empreintes de ses mains et de ses pieds. Elle ne leur a pas redit en revanche ce qu'on leur avait déjà répété plusieurs fois. Que tout cela leur appartenait, que des médecins, des sages-femmes, des infirmières, des associations de parents endeuillés, comme eux, s'étaient battus pendant des années pour rendre ces procédures possibles. Elle s'est contentée de leur rappeler qu'ils pourraient rentrer chez eux avec cette carte et ces photos, ou les laisser à l'hôpital dans le dossier. Là encore, ils pourraient changer d'avis. La trace était inscrite. Ils avaient le choix de l'ignorer. Un triste choix, certes, mais un choix tout de même.

Lucile et Maxime ont gardé le silence et Clémence s'est tue avec eux. Puis elle a refait le lit de Lucile, avec des draps propres, en continuant de la regarder, de la toucher, de la frôler. Elle s'est également souciée de Maxime, qui faisait bonne figure pendant que sa femme pleurait doucement. Comme beaucoup de pères, il ne pouvait s'autoriser à montrer sa peine. Les souffrances que Lucile avait endurées dans sa chair lui semblaient rendre illégitimes ses propres maux. Peut-être ne s'autorisait-il même pas à ressentir ces derniers. Ils existaient pourtant et se forgeaient, en secret, une résistance. Un matin, dix ans plus tard, ils referaient soudainement surface. Sur le chemin du travail, au volant de sa voiture, Maxime s'effondrerait. Malgré la vie continuée, malgré la résilience du couple, malgré les deux autres enfants nés en parfaite santé, malgré les succès professionnels, l'amour et les amitiés, le chagrin l'emporterait. Il lui faudrait de longs mois de thérapie pour renouer le fil rompu et ne pas sombrer. Clémence a conscience de ce risque. C'est pourquoi, bien qu'il n'eût aucunement l'air d'en avoir besoin, elle s'est aussi occupée de Maxime, patiemment, délicatement.

Il a bien fallu partir cependant. C'était la fin de la journée. Clémence a eu des difficultés à quitter le travail ce soir-là, mais elle n'en a rien dit. Elle a prévenu le jeune couple de l'arrivée de l'équipe de nuit, a passé le relais à ses collègues, s'est changée et est rentrée chez elle. Sur la route du retour, elle s'est efforcée, comme toujours, de penser à autre chose. Sans succès, cette fois.

Lucile et Maxime avaient d'abord choisi de ne pas voir leur bébé. Ils avaient refusé les cartes et les photos. Refusé également de lui donner un prénom. Ils ne voulaient rien de cet enfant. Ils ne voulaient pas risquer de le faire exister. Ils espéraient que la douleur serait moins grande de cette inexistence. Il a suffi d'une nuit cependant. Quand Clémence reprend son service le lendemain matin, elle apprend qu'ils ont changé d'avis. Ils ont vu l'enfant, ils l'ont pris dans leurs bras, ils l'ont embrassé, lui raconte sa collègue. Et ils lui ont donné un prénom – ou, plus exactement, des initiales : C. L., ébauche de nom pour une ébauche de vie. C. L., comme Clémence et Laetitia. Elle court dans les couloirs, Clémence, elle se précipite. Elle oublie le protocole, elle oublie les règles, elle oublie tout. Elle frappe à peine avant d'entrer dans la chambre, salue Maxime, se précipite sur Lucile. « Merci pour le prénom. » « C'est moi qui vous remercie. » Lucile s'est redressée sur son lit. Elle regarde Clémence droit dans les yeux, sa main dans la sienne, et d'une voix assurée lui dit ce que personne, jamais, dans un tel cas ne lui a dit, ce que personne, jamais, n'a peut-être alors pensé : « Je reviendrai ».

Elle n'est pas grande Clémence. C'est, comme on dit, un petit bout de femme. D'elle, on ne retient souvent qu'une silhouette bleue en tenue médicale. Un être de coton et d'intissé. Le reste s'efface et se confond sous le costume. Son prénom même échappe à la plupart.

Elle est bien là, pourtant – toute de gestes, de mots, de regards, de silences même. Tramée d'attention. Et cette présence seule résiste à l'oubli.

Alors, la silhouette disparue, la porte refermée, il n'est pas rare que l'on se retrouve.

Conception graphique et réalisation
Anne-Marie Bourgeois/m87design

Achevé d'imprimer
par Normandie Roto Impression s.a.s.
à Lonrai (61),
en décembre 2024

Dépôt légal
janvier 2025

Numéro d'imprimeur
2405554

Édition n°1